U0906266

KUWEI
酷威文化
图书 影视

我们的老时光

肖复兴 著

四川文艺出版社

图书在版编目（CIP）数据

我们的老时光 / 肖复兴著. -- 成都 : 四川文艺出版社，2022.1
ISBN 978-7-5411-5713-4

Ⅰ. ①我… Ⅱ. ①肖… Ⅲ. ①散文集－中国－当代 Ⅳ. ①I267

中国版本图书馆CIP数据核字(2021)第237451号

WOMEN DE LAOSHIGUANG

我们的老时光

肖复兴 著

出 品 人　张庆宁
出版统筹　刘运东
特约监制　吕中师
责任编辑　陈雪媛
特约策划　吕中师
特约编辑　杜天梦　夏君仪
封面设计　WONDERLAND Book design 仙境 QQ:344581934
责任校对　汪　平

出版发行　四川文艺出版社（成都市槐树街2号）
网　　址　www.scwys.com
电　　话　010-85526620
印　　刷　天津鑫旭阳印刷有限公司
成品尺寸　145mm×210mm　　开　　本　32开
印　　张　7.5　　字　　数　180千
版　　次　2022年1月第一版　　印　　次　2022年1月第一次印刷
书　　号　ISBN 978-7-5411-5713-4
定　　价　42.00元

目录

第一辑

老院里的暖时光

姐姐五记

一

最早的记忆，应该从母亲去世时始。那一年，我五岁。母亲才三十七岁，突然离开了我们。

那一天，我和弟弟站在家门的外面，看着有人将母亲抬出屋，抬出院子。我和弟弟都没有哭，悲伤还没有来得及涌出心口，先被突然撞得不知所措。记得那一天，院子里老槐树的槐花落了一地。洁白如雪的槐花，成了祭奠母亲的白花。

没过几天，姐姐到大栅栏为我和弟弟每人买了双白力士鞋，然后，带着我和弟弟到鲜鱼口的联友照相馆照了一张照片，全身照，穿着为母亲戴孝的白鞋。

又没过几天，姐姐走了。她偷偷报名去了内蒙古。那时，修京包线铁路，正需要人。家里生活愈发拮据，母亲去世后一大笔亏空，父亲瘦削的肩已力不可支。姐姐是为了减轻家里的负担，独自一人走向风沙弥漫的内蒙古，虽未有昭君出塞那样重大的责任，却一样心事重重地为了我们离开了北京。

至今我仍旧清晰地记得那一晚在前门火车站送姐姐的情景。火车鸣响着汽笛，喷吐白烟，缓缓地驶出站台，最后一点儿影子都看不见了，只剩下光秃秃的铁轨，在清冷的月光下闪着寂寞的光。我和弟弟分别躲在站台的柱子后面，我在悄悄地哭，看不见弟弟，但我知道，弟弟肯定也在悄悄地落泪。

带着在联友照相馆照的我们姐弟三人的照片，姐姐走了。那一年，姐姐还不到十七岁。

我和弟弟过早尝到了离别的滋味，它使我们因过早品尝人生的苍凉，而性格有些内向、内心有些早熟。从此，火车站灯光凄迷的月台，便和我们的命运相交，无法分割。盼望着姐姐乘坐火车回家，成为我和弟弟每年最大的心愿。

二

去内蒙古一年以后的春节前，姐姐第一次回家看我和弟弟。

姐姐回到家的第二天，带我和弟弟到劝业场。那时候，在前门一带，劝业场是最大的一家商场了。姐姐给我和弟弟一人买了一双皮鞋。翻毛，高帮，系带，棕黄色。记得那么清楚，因为这是我和弟弟第一次穿皮鞋，以前穿的都是妈妈亲手缝制的布鞋。

还记得很清楚，买鞋的时候，售货员阿姨对姐姐说："小孩子长得快，鞋买大一点儿的好，要不明年一长个儿，脚丫子长大了，鞋穿不进去了，怪可惜的。"

姐姐听从了售货员阿姨的建议，给我和弟弟买了两双大皮鞋。问题是，给我买的那双皮鞋，实在是过大了些，穿在脚上像踩着小船一样直逛荡。但是，当时穿在脚上，还是挺高兴的，根本顾不上大不大，逛荡不逛荡。在我们大院所有孩子中，我和弟弟是第一个穿上皮鞋的呢。那时候过年唱的儿歌：过新年，真热闹；穿新衣，穿新鞋；戴花帽，放鞭炮……我也有了新鞋，而且是皮鞋，明天穿上它，可以在院子里显摆一下了，那将是我过得最快乐的一个春节。

年三十吃完饺子，放完鞭炮，大概是吃得撑了，我憋不住，跑去厕所拉屎，擦完屁股，刚提上裤子要走，一只脚丫子竟然像脱了壳的小鸡一样，从皮鞋里伸了出来，等我想赶紧再把脚丫子伸进鞋里去的时候，没有想到，脚丫子没有伸进去，反倒把鞋踢进茅坑里了。这皮鞋也实在太大了！

"哇——"的一下，我哭了起来。毕竟这双大皮鞋刚刚穿了没两天呀。我不知如何是好，望着茅坑，一个劲儿地哭，仿佛只要使劲儿哭，那只大皮鞋就能听见，就可以像鱼游上岸一样，自己从茅坑里上来，重新回到我的脚丫子上。

厕所就在我们大院里，离我家很近，大概我的哭声过于惨烈，惊动了四邻，很多人跑过来。第一个跑进来的，是我爸爸。他问清我怎么一回事之后，二话没说，立刻弯腰探身，伸手将那只皮鞋从茅坑里捞了上来，根本不管手上沾上了脏兮兮的屎尿。

爸爸拎着这只臭烘烘的皮鞋回到家，先用清水洗净，然后，晾在窗台上，对我说：没关系，皮鞋晾干了，照样能穿。

姐姐在一旁笑了，对我说：都怨我，买的皮鞋太大了！

爸爸却在一边开玩笑说：大皮鞋，大皮鞋嘛，就是得大点儿！

姐姐笑得更厉害了，她知道，爸爸是心疼钱，买一双皮鞋，要花不少钱呢。

第二天，姐姐带我又去了一趟劝业场，可惜，人家过年关门休息。我多少有些扫兴，谁愿意穿一双臭皮鞋呢？

姐姐临离开北京回内蒙古前，还是带我到劝业场，买了一双新皮鞋。还是翻毛，高帮，系带，棕黄色。这双大皮鞋，一直穿到我读小学。

三

如果问我小时候最大的愿望是什么？就是盼姐姐回来。因为每次姐姐回来，都会给我们带回许多好吃的、好玩的，让我暂时忘记心里的一切不快。我还真是只小馋猫呀！

那时候，出大院，往西走不了几步，穿过一条叫作北深沟的小胡同，往西一拐弯，有一条小路，是土路，路旁边，是明城墙下的护城河，河水蜿蜒荡漾，河边有垂柳和野花。沿着这条小路往西走不到一里，便是北京老火车站。新火车站没有建立之前，绝大多数进出北京的客车都要从这里经过。护城河的对岸，常常可以看见停靠或者驶出开进的列车，有时车头会鸣响汽笛，喷吐白烟，让这条清静的小路一下子活起来，有了蓬勃的生气。姐姐每年探亲，都是从这个火车站下车回家的。只是，姐姐每年只有一次探亲假，我便常常一个人走在这条小路上，幻想着姐姐会突然回来，比如临时的出差，或者和我想念她一样也想念我了。她下了火车，走出车站，走在这条回家的必经之路上，我就可以接到姐姐了。

记得三年困难时期，姐姐到武汉出差，想买些香蕉带给我们，跑遍武汉三镇，只买回两挂芭蕉。那是我第一次吃芭蕉，短短的，粗粗的，口感虽没有香蕉细腻，却让我难忘。望着我和弟弟贪婪吃芭蕉的样子，姐姐悄悄落泪。那时，我不明白姐姐为什么要落泪。

姐姐的普通话讲得好，最开始在铁路局当电话员。她结婚很早。我不知道她为什么那么早结婚，爸爸知道，是为了减轻家里的负担。那一次，姐姐和姐夫一起来北京，看见我和弟弟如狼似虎贪吃的样子，没说什么。“正是长身体的时候，肚子却空空的，像无底洞，家里粮食总是不够吃……”父亲念叨着。姐姐掏出一些全国粮票给父亲，第二天一清早，便和姐夫早早去前门大街全聚德烤鸭店排队。那时，排队的人多得不亚于现在办出国签证。我不知道姐姐、姐夫排了多长时间，我和弟弟放学回家时，见到桌上已经摆放着烤鸭和薄饼。那是我们第一次吃烤鸭，以为这该是世界上最好吃的东西了。望着我们一嘴油一手油可笑的样子，姐姐苦涩地笑了。

盼望姐姐回家，成了我和弟弟重要的生活内容。于是，我们尝到了思念的滋味。思念有时是很苦的，却让我们的情感丰富而成熟起来。

姐姐生了孩子以后，回家探亲的日子越来越少。她便常寄些钱来，每月寄来三十元钱。那时候，她每月的工资只有六十几元。见不到姐姐，我们开始越发思念姐姐了。盼望姐姐归来已经不仅仅为了馋嘴，一股浓浓依恋的情感，已经长成枝繁叶茂的大树，即使无风依然会婆娑摇曳。

终于，又盼到姐姐回来了，领着她的女儿。好日子太不经过，像块糖，即使再精心地在嘴里含着，还是越化越小。既然已经是渴望中的重逢，命中必有一别。分别的那一天，姐姐说什么也不要我和弟弟送，因为姐姐来的第二天，正是少先队宣传活动，为了能和姐姐在一起玩，我逃了活动，挨了大队辅导员的批评。

那一天中午，我和弟弟从学校里回家匆忙地吃完午饭，姐姐带我们到家附近的鲜鱼口联友照相馆。照相前，她没带眉笔，划着几根火柴，用火柴头燃烧后的可怜的一点点如笔尖上点金一样的炭，分别在我和弟弟眉毛上描了描，想把我们打扮得漂亮些。匆匆忙忙照完相，回到家整理好行装，我和弟弟送姐姐她们娘俩到大院门口，姐姐不让送了，执意自己上火车站，走了几步，回头看我们还站在那里，便招招手说："快回去上学吧！"我和弟弟谁也没动，谁也没说话，就那样呆呆站着，望着姐姐的身影消失在胡同尽头。当我们看到姐姐真的走了，一去不返了，才感到那样悲恸，依依难舍又无可奈何。我和弟弟悄悄回到大院，一时不敢回家，一人伏在一棵丁香树旁默默地擦眼泪。

我们不知在那里站了多久，忘记了上学的时间，一直到一种梦一样的声音突然在耳边响起，抬头一看，竟不敢相信：姐姐领着女儿再次出现在我们的面前，仿佛她早已料到会有这样的场面一样。她摸摸我们的头说："我今儿不走了！你们快上学吧！"我们破涕为笑。那一天过得格外长！

长大以后，我读法国作家纪德的自传，看他写了这样一段："在溜达的时候，我们像做有点幼稚的游戏，假装去迎接我的某个朋友。这位朋友大概在很多人之中，我们会看见他从火车上下来，扑进我的怀抱，嚷道：'啊，多么漫长的旅行！我还以为永远见不到了呢。总算见到你了……'但都是一些与我无关的人从身边流动过去。"

记忆在读到这里的时候被唤醒，我立刻想起了那条通向护城河的小路。

想起我常一个人走在这条小路上，一直走到河边，然后沿着河边往西走，走到火车站。我像纪德所说的那样：“假装去迎接我的某个朋友。这位朋友大概在很多人之中，我们会看见他从火车上下来，扑进我的怀抱……”

是的，我接的并不是朋友，而是我的姐姐；不是她扑进我的怀抱，而是我扑进她的怀抱，是我跑过去，一下子扑进她的怀抱。

想起那条小路，童年的记忆，一下子复活了。

四

对于生母，我没有什么印象。更多的是对她的想象，这些想象常常融化在对姐姐的思念中。在我儿时的记忆里，姐姐的身上融有母亲的影子。两人重叠在我的印象和思念中。

说起母亲，姐姐称之为娘，我便跟着也叫娘。

娘留下的遗物，只有三件。

一件是一张娘年轻时候的照片。自从母亲去世后，那张被父亲放大成十几英寸的黑白照片，一直挂在我家的墙上。这张照片，我一直保存着，成为母亲和我血脉相连的唯一凭证。这张照片上的母亲，典型民国时期的妇女装束，母亲长得是挺漂亮的，大大的眼睛里，放射出的光带有一点儿严厉，让我觉得那么陌生，而有些距离。

另一件是几管彩色的丝线。娘的手很巧，会丝绣，这是我长大以后听姐姐说的，也听邻居们说起过。娘去世后，我悄悄地把这几管丝线藏在我睡觉的床铺下面，每天枕着这几管丝线睡，觉得娘似乎还在我的身边。

第三件是一组四扇屏。但是，我小时候并没有看见过，这组四扇屏，姐姐离开北京去内蒙古时候带走了。她一直把它们藏在箱子底，前些年才拿出来，装在四个大镜框里，挂在客厅的墙上。我去呼和浩特姐姐家时，第一次见到。那是四季内容的传统丝绣，缎面已经显旧，颜色有些暗淡。但是，丝线的质量很好，依然透着光泽，比一般的墨色和油画色还能保鲜。

春绣的是凤凰戏牡丹。牡丹的枝叶，像被风吹动，蜿蜒伸展自如，柔若无骨；有趣的是凤凰凌空展翅，多情又有些俏皮地伸着嘴，衔着牡丹上面探出的一根枝条，像是用力要把这一株牡丹连花带叶都衔走，飞上天空。右上方用红丝线绣着两行小字：牡丹古人称花王。

夏绣的是映日荷花。绿绿的荷叶亭亭，粉红色的荷花格外婀娜，还横刺出一枝绿莲蓬。荷花上有一只蜜蜂飞舞，水草中有一只螃蟹弄水，有意思的是，最下面的浪花全绣成了红色。右上方也是用红丝线绣着两行小字：夏月荷花阵阵香。

秋绣的是菊花烹酒。没有酒，只有一大一小、一上一下两朵金菊盛开，几个花骨朵点缀其间，颜色很是跳跃。上面还有一只蝴蝶在花叶间翻飞，下面有一只七星瓢虫，倒挂金钟般在花枝下，像荡秋千。最底下的水里，有一条大眼睛的游鱼，有一只探出犄角来的小蜗牛，充满童趣。左上方用墨绿色的丝线绣着两行小字：菊花烹酒月中香。

冬绣的是传统的喜鹊登梅。五瓣梅花，绣成了粉红色、淡紫色和豆青色，点点未开的梅萼，红的、粉的，深浅不一，散落在疏枝之间，如小星星一样闪闪烁烁。喜鹊的长尾巴绣成紫色，翅膀黑色的羽毛下藏着几缕苹果绿，肚皮绣成了蛋青色。最下面的几块镂空的上水石，则被完全抽象化，绣成五彩斑斓的绣球模样了。依然是为了左右对称，在左上方用墨绿色的丝线绣着两行小字：梅萼出放人咸爱。

绣得真是清秀可爱。我心里暗想，或许是“出”字绣错了，应该是“初”字。我知道娘的文化水平不高，好多字是结婚以后父亲教她的。

姐姐告诉我，这是娘做姑娘时候绣的呢。

那一天，突然见到这四扇屏，心里有些激动，禁不住贴近墙面，想仔细看，忽然有种感觉，好像不知是这面墙热，还是四扇屏有了热度，一下子觉得有了一种温暖的感觉，好像就贴在娘的身边。

这面墙正对着阳台的玻璃窗，四扇屏上反光很厉害，跳跃着的光点，晃着我的泪花闪烁的眼睛，一时光斑碰撞在一起，斑驳迷离。春夏秋冬的风景，仿佛晃动交错在一起，很多记忆，蜂拥而至，随四季变幻而缤纷起来。而且，本来似是而非早已经模糊的娘的影子，似乎也水落石出一般，在四扇屏上清晰地浮现出来。

我想，娘一定在四扇屏上看着我们。那上面有她绣的牡丹、荷花、菊花和梅花，簇拥着她，也簇拥着我们。

五

前两年，姐姐八十大寿，我到呼和浩特看姐姐，看见她家写字台的玻璃板底下放着一张照片，很长，是姐姐把那时每次回来探亲时候和我及弟弟照的那一张张合影，洗在一起，像是电影的胶片一样，串联起了我们童年和少年的脚印。

姐姐家住一楼，房前有块空地，种着一株香椿树、一株杏树和一株苹果树。退休之后，姐姐把这块空地开辟成了菜园。翻土、播种、浇水、施肥……每天乐此不疲。姐姐一辈子在铁路局工作，年年都是劳动模范，局里新盖了高层楼，分她新房，面积多出三十多平方米。她不去，舍不得她的这片菜园。孩子们都说她："如今，一平方米房子值多少钱？你那破菜园能值几个钱？"却谁也拗不过，只好随了她。

我已经好几年没有见到姐姐了。来到姐姐家，先看姐姐的菜园。菜园不大，却是她的天堂，那里种着她的宝贝。特别是姐夫前几年病逝之后，那里更是她打发时光消除寂寞的好场所。菜园被姐姐收拾得井井有条。丝瓜、扁豆满架，倭瓜满地爬，小葱棵棵似剑，韭菜根根如针，西红柿、黄瓜和青椒，在架子上红的红、青的青、弯的弯、尖的尖……忍不住想起中学里学过吴伯箫的课文《菜园小记》里说的，真的是姹紫嫣红。这么多的菜，吃不完，送给邻居，成了姐姐最开心的事情。

菜园旁，立着一个大水缸，每天洗米洗菜的水，姐姐从厨房里一桶一桶拎出来，穿过客厅和阳台，走进菜园，把水倒进水缸，备用浇菜。节省一辈子的姐姐，常被孩子们嘲笑，而且，劝她说现在菜好买，什么菜都有，就别整天忙乎这个了，好好养老不好吗？姐姐会说，劳动一辈子了，不干点儿活儿难受。想想，在风沙弥漫的京包铁路线上餐风饮露，这是她念了一辈子的经文，笃信难舍。再想想，人老了，其实不是享清闲，而是怕闲着，能有点儿事干，而且，这事儿干着又是快乐的，便是养老的最好境界了。姐姐种的那些菜，便有她自己的心情浸透，有她往事的回忆，是孩子都上班上学去之后孤独时的伙伴，她可以一边侍弄着它们，一边和它们说说话。

夸她的菜园，就像夸她的孩子一样的高兴。我对她的菜园赞不绝口。姐姐指着菜园前面绿葱葱的植物，我没认出是什么。她对我说，这里原来种的是生菜和小水萝卜，今年闹虫子，我把它们都给拔了，改种了草莓。不知怎么闹的，也可能是我不会种这玩意儿，你看，一春天都过去了，只结了一个草莓。

我跟着她走过去，伏下身子仔细看，才看见偌大的草莓丛中，果然只有一颗草莓，个头儿不大，颜色却很红，小小的红宝石一样，孤独地藏在叶子下面，好像害羞似的怕人看见。

“孩子们看着它好玩，都想摘了吃，我没让摘。”姐姐说。我问她，干吗不摘，时间久，回头再烂了，多可惜。姐姐笑着说：“我心里盼望着有这么一个伴儿在这儿等着，兴许还能再结几个草莓！”

相见时难别亦难，和姐姐分手的日子到了，离开呼和浩特回北京的前一天晚上，姐姐蒸的米饭，我炒的香椿鸡蛋，做的西红柿汤，菜都来自姐姐的菜园。晚饭后，姐姐出屋去了一趟菜园，然后又去了一趟厨房，背着手，笑眯眯地走到我的面前，像变戏法一样，还没等我猜，就伸出手张开来让我看，原来是那颗草莓。你尝尝，看味儿怎么样？姐姐对我说。

我接过草莓，小小的，鲜红鲜红的，还沾着刚刚冲洗过的水珠儿，真不忍心下嘴吃。姐姐催促着，快尝尝！我尝了一口，真甜，更难得的是，有一股在市场买的和采摘园里摘的少有的草莓味儿。这是一种久违的味儿。

母亲三帖

一

姐姐离开北京去内蒙古没有多久，爸爸把我和弟弟放在他的一个朋友的家里照料，自己回了一趟老家。他回来的时候，给我们带回来了一个女人，后面还跟着一个十几岁的小姑娘，爸爸指着她，对我和弟弟说：快，叫妈妈！

弟弟吓得躲在我身后，我噘着小嘴，任爸爸怎么说，就是不吭声。

“不叫就不叫吧！”她说着，伸出手要摸摸我的头，我拧着脖子闪开，就是不让她摸。

望着这陌生的娘俩儿，我首先想起了那无数人唱过的凄凉小调：“小白菜呀，地里黄呀，两三岁呀，没有娘呀……”我不知道那时是一种什么心绪，总是用忐忑不安的眼光偷偷看她和她的女儿。

有一天，我发现她的女儿手里拿着几管彩色的丝线，我一眼就认出来是母亲的丝线。但是，我不放心，生怕是自己疑心弄错了，赶紧跑到自己的床边，掀开褥子一看，果然丝线不见了。我跑了过去，不由分说，一把从她女儿的手里夺过丝线。她女儿和我争夺，不知道哪儿来的那么大的劲儿，我一把把她女儿推倒在地上。她呜呜地哭了起来。

爸爸和她都跑了过来，爸爸责备我，说一个男孩子要丝线干什么用，让我把丝线给她的女儿，我也呜呜地哭了起来，手心里攥着丝线就是不给。

她把她的女儿拉到一旁，说："你要丝线干什么呀！那是弟弟的嘛！"

在以后的日子里，我从来不喊她妈妈。上学之后，学校开家长会，我硬愣把她堵在学校门口，对同学说：这不是我妈。

娘去世后，爸爸放大了一张十几英寸的娘的照片，挂在墙上。有一天，我看见她踩着凳子上去擦照片上的灰尘。她正擦着，我突然地向她大声喊着：你别碰我娘！

好几次夜里，我听见爸爸在和她商量：把照片取下来吧？她总是说：不碍事儿，挂着吧！头一次，我对她产生了一种说不出的好感，但我还是不愿叫她妈妈。

二

八岁那年，我上小学二年级，火车第一次驶进我的生命里。暑假，我坐火车去到包头看姐姐。

那时，我家住在前门外，紧靠着老的前门火车站，成天看见火车拉响着汽笛跑来跑去，但我还没坐过火车。因为姐姐在铁路局工作，我对火车充满感情。因为火车可以带我去看姐姐，就对火车更充满向往。

快放暑假的时候，我几乎天天都在吵吵要去看姐姐。姐姐已经离开北京四年了，她在包头结了婚，有了孩子。我觉得那时我最想的就是姐姐。当然，姐姐也想我，她最后来信对爸爸说就让复兴来吧，上车托付给列车员，应该没问题。

听说学校开张证明，便可以买张半费的学生火车票。爸爸去了趟学校，碰壁而归。校长说学生只有去探望父母才可以买半费学生票，看姐姐不行。我知道那位脸总是像刷着糨糊一样绷得紧紧的校长，他说出的话从来都是钉天的星。我们看见他，都像耗子见了猫一样，躲得远远的。

她说我去试试!

我不抱什么希望。果然她也是碰壁而归。不过，她不是就此罢休，接着再去，接着碰壁。我记不清她究竟几进几出学校了。总之，一天晚上，她去学校很晚没回家，爸爸着急了，让我去找。我跑到学校，所有办公室都黑洞洞的，只有校长室里亮着灯。我走近校长室门前，没敢进去。平日，我从没进过一次校长室。只有那些违反校规、犯了错误的同学才会被叫进去挨训。我趴在门口听听里面有什么动静。没有。什么动静也没有。莫非没人？她不在这里？再听听，还是没有一点儿声响。我趴在窗户缝瞅了瞅，校长在，她也在。两人演的是什么哑剧？

我不敢进去，也不敢走，坐在门口的石阶上等。

不知过了多半天，校长的声音吓了我一跳：“大妈！我算服了您啦！给您，证明！我可是还没吃饭呢！”接着就听见椅子响和脚步声，吓得我赶紧兔子一样跑走，一直跑出学校大门。我站在离校门口不远的一盏路灯下，等她出来，老远就看见她手里攥着一张纸，不用说，那就是证明。

她走过来，我从灯影下跳了出来，愣愣的，吓了她一跳，一见是我，把证明递给我：“明儿赶紧买火车票去吧！”

回家的路上，我问她：“您用什么法子开的证明呀？”我觉得她能把那么厉害的校长磨得好说话了，一定有高招。

她微微一笑：“哪儿有啥法子！我磨姜捣蒜就是一句话：探亲，探亲！复兴就这么一个亲姐姐，除了姐姐还探啥亲？不给开探亲证明哪个理？校长不给开，我就不走。他学问大，拿我一个老婆子有啥法子！”

那时候，我的脸好红。我不是最怕她去学校吗？好像她会给我丢多大脸一样。可是，今天要不是她去学校，证明能开回来吗？

虚荣心伴我长大。当浅薄的虚荣一天天减少，我才像虫子蜕皮一样渐渐长大成人。而那时候，我懂得多少呢？那时在我心里的天平上，一头是娘，一头是姐姐。

三

孩子没有一个是省油的灯，大人的心操不完。我们大院前有块平坦、宽敞的水泥空场，空场上放着一个大车的轮子，我们把它当成了公园儿童游乐场的水车，常踩在上面滑着玩。空场成了我们孩子的儿童乐园，有一天，我在车轮上玩疯了，车轮越转越快，脚踩在上面太快，一脚踩空，重重地摔在了水泥地上，立刻晕了过去。

等我醒来的时候，看见的是一位穿白大褂的大夫。大夫告诉我：“多亏了你妈呀！她一直背着你跑到医院里来的，生怕你留下后遗症，长大可得好好孝顺呀……”

她站在一边不说话，看我醒过来，伏下身摸摸我的后脑勺，又摸摸我的脸。不知怎么搞的，我第一次在她面前流泪了。

“还疼？”她立刻紧张地问我。

我摇摇头，眼泪却止不住。

“不疼就好，没事就好！”

回家的时候，天早已经全黑了。从医院到家的路很长，还要穿过一条漆黑的小胡同，我一直伏在她的背上。我知道刚才她就是这样背着我，跑了这么长的路往医院赶的。

以后的许多天里，她不管见爸爸还是见邻居，总是一个劲儿埋怨自己：“都赖我，没看好孩子！千万别落下病根儿呀……”好像一切过错不在那硬邦邦的水泥地，不在我那样调皮，而全在于她。一直到我活蹦乱跳一点儿事没有了，她才舒了一口气。

没过几年，三年困难时期就来了。只是为了省出家里一口人的饭，她把自己的亲生闺女，那个老实、听话，像她一样善良的小姐姐嫁到了内蒙古，那年小姐姐才十八岁。我记得特别清楚，那一天，天气很冷，爸爸看小姐姐穿得太单薄了，就把家里唯一一件粗线毛大衣给小姐姐穿上。她看见了，一把给扯了下来，对小姐姐说：“别，还是留给弟弟吧。啊？”

车站上，她一句话也没说，只在火车开动的时候，向女儿挥了挥手。寒风中，我看见她那像枯枝一样的手臂在抖动。回来的路上，她一边走一边唠叨：“好啊，好啊，闺女大了，早点儿寻个人家好啊，好。”我实在是不知道人生的滋味儿，不知道她一路上唠叨的这几句话，是在安抚自己那流血的心。她也是母亲，她送走自己的亲生闺女，为的是两个并非亲生的孩子，世上竟有这样的后妈吗？

望着她那日趋隆起的背，我的眼泪一个劲儿往上涌，“妈妈！”我第一次这样称呼了她，她站住了，回过头，愣愣地看着我，不敢相信这是真的。

我又叫了一声“妈妈”，她竟“呜”的一声哭了，哭得像个孩子。多少年的酸甜苦辣，多少年的委屈，全都在这一声“妈妈”中融解了。

清明忆父

很多童年的事情，过去了那么多年，却仍然恍若面前，连一些细枝末节都记得特别清楚。记得爸爸为我买的第一支笛子，是1角2分钱；买的第一本《少年文艺》，是1角7分钱；买的第一把京胡，是2元2角钱……那时候，家里的生活拮据，一家五口依赖爸爸菲薄的薪水维持，给我买这些东西，爸爸是咬着牙掏出这些钱来的。因为那时买一斤棒子面才8分钱，花这么多钱买这些东西，特别是花两块多钱买一把京胡，显得有些奢侈。

那时，我爱上读书，特别是从同学那里借了一本《千家诗》以后，我对古诗更是着迷。我家离大栅栏不远，大栅栏路北有一家挺大的新华书店，放学以后，我常到那里看书。屡次翻看后，从那书架上琳琅满目的唐诗宋词里，我看中当中四本，最为心仪，爱不释手，拿起来，又放下，依依不舍。一本是复旦大学中文系编选的《李白诗选》，一本是冯至编选的《杜甫诗选》，一本是游国恩选注的《陆游诗选》，一本是胡云翼选注的《宋词选》。

每一次，翻完这四本书后，总要不由得看看书后面的定价，《李白诗选》是1元5分，《杜甫诗选》是7角5分，《陆游诗选》

是 8 角，《宋词选》是 1 元 3 角。四本书加起来，统共要小 5 元钱呢。那时候的 5 元钱，恰好是我上学在学校里一个月午饭的费用。每一次看完书后面的定价，心里都隐隐地叹口气，这么多钱，和爸爸要，爸爸不会答应的。每次翻完书，心里都对自己说，算了，不买了，到学校借吧。可是，每次到新华书店里来，总忍不住还要踮着脚尖，把这四本书从架上拿下来，总不由得翻完书后还要看看后面的定价，好像希望这一次看到的定价，会比上一次看到的要便宜似的。

那时候，姐姐为了帮助爸爸分担家里的负担，每个月给家里寄 30 元钱。那一天放学以后，妈妈方才从邮局里取回姐姐寄来的 30 元钱，我清清楚楚地瞥见妈妈把那六张 5 元钱的票子放进了我家放“金银细软”的小牛皮箱子里。妈妈离开家以后，我马上翻开小箱子，从那六张票子里抽出一张，揣进衣兜，飞也似的跑出家门，跑到大栅栏，跑进新华书店，不由分辩地，几乎是比售货员还要业务纯熟地从书架上抽出那四本书，交到柜台上，然后从衣兜里掏出那张 5 元钱的票子，骄傲地买下了那四本书。终于，李白、杜甫和陆游，另有宋朝那么多著名的词人，都属于我了，能够天天陪同我一起吟风赏月、说山论河了。

回到家，我放下那四本书，非常高兴，就跑出家门，到胡同里和小伙伴们玩了。傍晚的时候，瞥见刚下班的爸爸一脸乌青地向我走来，把我领回家，把我摁在床板上，用鞋底子狠狠地打了我屁股一顿。我没有对抗，没有哭，什么话也没有说，因为我一眼看到床头上放着那四本书，知道爸爸一定晓得了小箱子里少了一张 5 元钱的票子是干什么去了。我知道，是我错了，我不应该心血来潮私自拿钱去买书，5 元钱，对于一个清贫的家庭来讲，是笔不小的数目。

挨完打后，我没有吃饭，拿着那四本书，跑回大栅栏的新华书店，好说歹说，求人家退了书。我把拿回来的钱放在爸爸的面前，爸爸抬头看了我一眼，什么话也没有说。

第二天晚上，爸爸下班回来晚了，天完全黑了下来。妈妈已经把饭菜盛好，放在桌子上，我们一家正等他吃饭。爸爸坐在饭桌前，没有先端饭碗，而是从他的破提包里拿出了几本书，我一眼看见，就是那四本书：《李白诗选》《杜甫诗选》《陆游诗选》和《宋词选》。

爸爸对我说："爱看书是好事，我不是不让你买书，是不让你私自拿家里的钱。"

六十多年的光阴过去了，我还记得爸爸讲过的这句话和讲这句话时的模样。那四本书，跟随我从北京到北大荒，又从北大荒到北京，几经颠簸，几经迁居，一直都还在我的身旁。大栅栏里的那家新华书店，奇迹般的也还在那里。统统都好像还和童年时一样，只是爸爸已经去世四十八年了。

第一次坐火车

那个暑假，我终于可以坐火车去包头看望姐姐了。

我们大院里，有一个大姐姐刚刚从幼儿师范毕业，想在工作之前去呼和浩特看望她的哥哥。爸爸把我托付给了她。我很愿意和她一起，因为她长得很漂亮，还会拉手风琴唱歌。平常我们小孩子玩的时候，我总是希望她能够也来和我们一起玩，只是她总是很忙，即使不忙，她也总是很高傲高贵的样子，不大瞧得起我们小孩子。现在，她终于和我一起坐火车了，要坐整整一夜外带半个白天的火车。

我们一起坐上了火车，是硬座，那时的硬座是真正的硬座，光光的木板，一片一片地拼起来，棕黄色的漆很亮。车开了，能看到火车头喷出的白烟，袅袅地飘荡在我们的窗前。绿油油的田野、路旁的树木和电线杆，风一样唰唰地从车窗前掠过，一切显得那么的新鲜。

我们上了车没多久，天就黑了，车窗外扑闪而过的灯光如流萤，车过山洞让我感到那么幽深莫测。新奇过后，我糊里糊涂地睡着了，一觉醒来发现自己的头倒在她的怀里。车厢微醺似的晃动着，她也睡着了，能够感觉到她均匀的呼吸像河面上冒出的温馨的气泡，一起一伏着。那时，我特别的幸福，因为这在平常的日子里是根本不敢想象的事情。大概我的醒来惊动了她，她睁开了眼睛，我马上有些不好意思起来，她却伸过一只胳膊搂住我的肩膀轻轻地说了句：就这么躺着别动，睡吧！

第二天天亮的时候，我醒了，发现还躺在她的怀里。她拍拍我的头说：醒了？快吃点儿东西！可是，我吃了她准备的东西就开始吐。夜里睡觉不觉得什么，醒来晕车的感觉潮水似的一阵阵袭来，让我把吃的东西全部都吐出来还不解气，只觉得自己如此狼狈的样子，在她的面前没有了一点面子。

她开始慌乱起来，给我捶背，给我倒水。列车员也来了，帮助打扫，一直忙到呼和浩特就要到了。火车缓缓进站的时候，她再一次嘱咐列车员，然后嘱咐我，提着行李向车门走去。她下车后还特别走到车窗前再次嘱咐我。因为还有三四个小时才能够到达包头，而这三四个小时只剩下我孤零零的一个人了。

我已经忘记了那三四个小时是怎么过来的了，没有了大姐姐的火车，只剩下了眩晕的感觉。一个八岁的孩子，就这样完成了独闯京包线的壮举。

以后，京包线成了我许多个假期必走之路，那几次不同时刻的列车，对我越来越不陌生，而晕车随童年的逝去而逝去了，代之在心中清晰记住的是那沿途每一个站的站名，哪怕只是柴沟堡、卓资山、察素齐、土贵乌拉这样的小站名。随着姐姐在京包线上的迁徙，我跑遍了临河、集宁和呼和浩特，沿线播撒种子似的，火车帮我收获对姐姐的思念。

那一年，我还有一个意外的收获。我看见姐姐家里有一本漂亮的美术日记本，里面的纸张非常好，还夹着好多幅名画家的画作。我非常喜欢，姐姐看出来，送给了我。那是她作为劳动模范的奖品。拿着这本美术日记本，我好长时间都没有舍得用，一直到我上中学之后，在上面抄录了我写的作文，成了少年时代最好的纪念。

我小学没有毕业的时候，和我一起坐火车的那位大姐姐结婚了。男的是在区委工作的一个干部。结婚之前，到我们大院里来过，我见过他，觉得他长得一点儿都不好看，大姐姐怎么看上他了呢？不知为什么，他们结婚的那天，我的心里还挺别扭的。大姐姐特意在我手里塞了两块喜糖，我没有吃，给了弟弟。

去年，听说北京到包头的动车开通了。再去包头，只要四个多小时就可以到了。

对了，姐姐的那本美术日记本，我还保存着，日子已经过去了六十六年。

阳光的三种用法

童年住在大院里，都是一些引车卖浆者流，生活不大富裕，日子各有各的过法。

冬天，屋子里冷，特别是晚上睡觉的时候，被窝里冰凉如铁，家里那时连个暖水袋都没有。母亲有主意，中午的时候，她把被子抱到院子里，晾到太阳底下。其实，这样的法子很古老，几乎各家都会这样做。有意思的是，母亲把被子从绳子上取下来，抱回屋里，赶紧就把被子叠好，铺成被窝状，留着晚上睡觉时我好钻进去，被子里就是暖乎乎的了，连被套的棉花味道都烤了出来，很香的感觉。母亲对我说：我这是把老阳儿叠起来了。母亲一直用老家话，把太阳叫老阳儿。

从母亲那里，我总能够听到好多新词儿。“把老阳儿叠起来”，让我觉得新鲜。太阳也可以如卷尺或纸或布一样，能够折叠自如吗？在母亲那里，可以。阳光便能够从中午最热烈的时候，一直储存到晚上我钻进被窝里，温暖的气息和味道，让我感觉到阳光的另一种形态，如同母亲大手的抚摸，比暖水袋温馨许多。

街坊毕大妈，靠摆烟摊养活一家老小。她家门口有一口半人多高的大水缸。冬天用它来储存大白菜，夏天到来的时候，每天中午，她都要接满一缸自来水，骄阳似火，毒辣辣地照到下午，晒得缸里的水都有些烫手了。水能够溶解糖、溶解盐，水还能够溶解阳光，这大概是童年时候我最大的发现了。溶解糖的水变甜，溶解盐的水变咸，溶解了阳光的水变暖，变得犹如母亲温暖的怀抱。

毕大妈的孩子多，黄昏，她家的孩子放学了，毕大妈把孩子们都叫过来，一个个排队洗澡，她用盆舀的就是缸里的水，正温乎，孩子们连玩带洗，大呼小叫，噼里啪啦的，溅起一盆的水花，个个演出一场哪吒闹海。那时候，各家都没有现在普及的热水器，洗澡一般都是用火烧热水，像毕大妈这样的法子洗澡，在我们大院是独一份。母亲对我说："看人家毕大妈，把老阳儿煮在水里面了！"

我得佩服母亲用词儿的准确和生动，一个"煮"字，让太阳成了我们居家过日子必备的一种物件，柴米油盐酱醋茶，这开门七件事之后，还得加上一件，即母亲说的老阳儿。

真的，谁家都离不开柴米油盐酱醋茶，但是，谁家又离得开老阳儿呢？虽说如同清风朗月不用一文钱一样，老阳儿也不用花一分钱，对所有人都大方而且一视同仁，而柴米油盐酱醋茶却样样都得花钱买才行。但是，如母亲和毕大妈这样将阳光派上如此用法的人，也不多。这需要一点智慧和温暖的心，更需要在艰苦日子里磨炼出的一点儿本事，这叫作少花钱能办事，不花钱也能办事，阳光才能够成为居家过日子的一把好手，陪伴着母亲和毕大妈一起，让那些庸常而艰辛的琐碎日子变得有滋有味。

对于阳光，大人有大人的用法，我们小孩子也有小孩子的用法。我家的邻居唐伯伯是个工程师，他家有个孩子，比我大两岁，很聪明，就算喜欢招猫逗狗，也总爱别出心裁玩花活儿。有一次，他拿出他爸爸用的一个放大镜，招呼我过去看。放大镜，我在学校里看见过，不知他拿它玩什么新花样。我走了过去，他在放大镜底下放一张白纸，用放大镜对着太阳，不一会儿，纸一点点变热，变焦，最后居然烧着了起来，腾地蹿起了火苗，旋风一般把整张白纸烧成灰烬。

又有一次，他拿着放大镜，撅着屁股，蹲在地上，对准一只蚂蚁，追着蚂蚁跑，一直等到太阳透过放大镜把那只蚂蚁照晕，爬不动，最后烧死为止。母亲看见了这一幕，回家对我说："这叫什么玩法？老唐家这孩子心这么狠，小蚂蚁招他惹他了，这不是拿老阳儿当成火了吗？你以后少和他玩！"

长大以后，我看过一部电影叫作《女人比男人更凶残》。有时候，小孩比大人更心狠，小孩子家并不都是天真可爱，小孩子的玩，也会透露出人性中一点点的残忍呢。

群里发来张老照片

前几天，群里一位同学发了张古董级的老照片。大概是贴在相册里的，只有那个年代才会用的三角形黑相角，泄露了老掉牙的年份。那时候，我们都是用这种相角，把照片贴在相册里。这种相角的背面有一层胶，把唾沫吐在上面，用手抹一抹，就粘在黑色相册页里了。照片上前后两排人，前排四个人蹲着，后排五个人站着，都是小学同学，不知在哪儿拍的，背景隐隐有树有水，大概是在公园。照片是用手机翻照的，手机的像素都很高，只是照片太旧，本身照得也有些模糊，只能影影绰绰地看个大概。

同学问：能看出都是谁吗?

疫情发生这大半年，大家都宅在家中无所事事，发张照片，猜谜语似的，让大家看看都是谁。就是找个话题，找点儿乐子，让过去的回忆冲淡一些现今的忧虑。小学毕业，今年整六十年。都说岁月是把杀猪刀，六十年的日子更是早把人变得面目皆非，当年再俊的丫头和小伙儿，如今也不堪回首。

不过，这样的游戏，虽然已经反复多次，却是续再多水的茶，照旧清香清新，可口可乐，让大家像老驴拉磨转上一圈又一圈，依然乐此不疲。这张重见天日的老照片，像投进湖中的一块石子，溅起群里浪花不止，让大家兴致勃勃，你来我往，你是我否，猜个不停。而且，拔出萝卜带出泥，猜对了一个人，连带讲出她或他的好多年少趣事或“囧”事。

别看照片模糊不清，但架不住大家个个都是火眼金睛，而且，到了这把年纪，都有一种本事，就是越是久远的事情，越记得清；越是小时候的同学，越认得准。九个同学，八个都被猜得准确无误，唯独前排最右边蹲着的那个男同学，谁也没有猜出来，像公园遗物招领处一个无人认领的孤儿。

大家都说，他个子太矮，还蹲着，半拉身子又在镜头外，像只受委屈的小猫，实在猜不出来是谁了。

其实，我认出来了。那个人是我。

我想起来了，照片是一年级第二学期到北海公园春游时的合影，班主任老师拍的。

那时候，我长得个子矮，像根豆芽菜。母亲去世不久，父亲从农村老家为我和弟弟带回了继母，家里的生活拮据，我穿的是继母缝制的衣服和布鞋，特别那条裤子，是缅裆裤，在照片上，我一眼就看了出来。同学穿的裤子前面有开口，是从商店里买的制服裤子，全班只有我一个人穿缅裆裤。这条缅裆裤，让我自惭形秽，在班上抬不起头，在上三年级时候，终于忍受不住了，和父亲大哭大闹，才换上了从商店里买的一条前面有开口的裤子。裤子前面有没有开口，成为我童年一件至关重要的大事。

那一次春游，大家要带中午饭。我带的是母亲为我烙的一张芝麻酱红糖饼。这种糖饼，在我家只有中秋节时才烙，作为月饼的替代品，我和弟弟吃得很美。那时候，我以为能带这种糖饼已经很好了。但是，在北海公园里，大家围坐在一起吃午餐的时候，我看见不少同学从书包里拿出来的是面包，是义利的果子面包。我就是从那时认识了这种果子面包，并打听到了一个面包 1 角 5 分钱。还有的同学带的是羊羹，我从来没有见过这种食品，也是从那时认识了它，知道它是日本传过来的食品，是把红小豆熬成泥加糖定型而成，长方形，用漂亮的透明糖纸包装。他们抿着小口吃，空气中散发着浓郁的豆香。

我的小眼睛偷偷地扫视着这一切，内心里涌出一种自卑，还有更可怜的滋味，就是馋。真的，那时候，我实在是太没出息。在以后上小学的日子里，我不止一次想起这次春游，想起自己的没出息。也就是从那时候开始，我努力学习，奋发刻苦，争取好成绩。我知道，我家穷，我没有果子面包，没有羊羹，唯一可以战胜他们的，是学习。

六十年过去了，大家都认不出来照片上的我了。大家都记不得当年的事情了，大家都老了。

是啊，小孩子一闪而过的心思，不过像一朵蒲公英随风飘走就飘走了，谁会注意到呢？况且，当时大家都是小孩子，能够在意的是自己的事情啊。别人的事情，缅裆裤呀，芝麻酱糖饼呀，又算什么呢？一个孩子的成长，只能靠自己。馋，每一个小孩子都会有，算不得什么。但是，自卑与虚弱，却是需要靠自己，不是屈服于它们，就是打败它们；不是作茧自缚，就是化蛹成蝶。

照片上的我，不知是因为自卑，躲在最边上的位置；还是同学对我无意的冷漠，把我挤在那里。一切在不经意之间，都有命定的缘分与元素。重看照片上六十五年前的我，我没有自惭形秽，只是，我没有告诉大家那个孩子是我。

我的演员之梦

小时候，我家住在前门外一个叫作粤东会馆的大院里，那是一个三进三出的大院，在迎面影壁后面，有一个挺豁亮的空场，一左一右种有两株丁香树，一株开白花，一株开紫花，每年春天烂烂漫漫开得都让我们孩子特别兴奋，那劲头一直能够蔓延到暑假，丁香树枝叶葱茏，洒下一地的绿荫。

暑假，我们全院孩子玩的兴奋点，不在金鱼，也不在蛐蛐，都集中在了这里。趁着大人上班不在家，我常常从家里偷出被单、床单，跑到空场上，把床单或被单挂在两株丁香树之间。这就是我第一次登台演出的幕布。似乎只有有了幕布，才像模像样真的那么一回事似的，有了真正当演员正式演出的感觉。幕布，对于我最初对话剧的认识，就那么重要，有那么大的神秘感。我想后来我考上了中央戏剧学院，最初的启蒙就在这里吧。

那时候，在丁香树下演节目，是我们一群孩子最开心的一种游戏。

我和几个半大小子、丫头躲在幕布后面，几个上中学的大姐姐为我们化装。不过是把指甲花揉碎了，挤出一手红红的汁，就往脸上抹，然后划着火柴烧着一段吹灭，用那火柴头上的炭灰把眉毛涂黑，便自以为真像演员了，演员都是要化装的嘛。

记得有一次，我们正在幕布后面，大姐姐把指甲花汁往我们脸上抹的时候，床单大概没系牢，不知怎么忽然掉了下来，后台一览无余，逗得小崩豆儿们捧着肚子乐，算是演出的高潮。

还有一次，我们在台上兴致勃勃正演着，台下一个小崩豆儿憋不住了，掏出小鸡鸡就尿，惹得大家不看我们演节目，光看他尿了。我们想办法叫大家看，怎么喊也不灵，一直到他把尿长长流水般尿完为止，大家的目光才又重新像小鸟一样飞回丁香树的枝头。

记忆里，我表演的最精彩的节目是演唱一首歌曲，歌名叫作《照镜子》。这是一个院子里的大姐姐教我唱的外国民歌，歌词至今还记忆犹新：

妈妈她到林里去了，
我在家里闷得发慌，
墙上的镜子请你下来，
仔细照照我的模样，
让我来把我的房门轻轻关上……

其实，这应该是一首女生表演唱的歌，但是，虚拟的房门和镜子，让我特别感兴趣，觉得那才叫表演。

不过，那时候，总觉得唱歌跳舞，并不是最高级的节目。真正的节目，应该是演话剧。特别是我第一次走进王府井大街北口的中国儿童话剧剧院，看了一场话剧《枪》之后，迷得不得了，更觉得话剧最高级。

于是，放学跑回家，我就拉着弟弟，趁着爸爸妈妈不在家，把床当成舞台，我们两人跳到床上演我自认为精彩的大戏。那时，刚刚看过电影《虎穴追踪》和《扑不灭的火焰》，我们两人开始演《虎穴追踪》里侦察员李永和和特务头子的一场对手戏，演完之后，不过瘾，接着演《扑不灭的火焰》里汉奸蒋二和八路军蒋三的一场对手戏。

演《虎穴追踪》还好，侦察员和特务头子相互之间就是说话，我和弟弟看过好几遍电影了，台词背得滚瓜烂熟；演《扑不灭的火焰》，有相互追逐的打斗戏，我非要演八路军蒋三，弟弟本来就不乐意，一个劲儿地说，你是哥哥演弟弟蒋三，不合适！我坚持演八路军，弟弟拧不过我，没办法，只好去演哥哥蒋二。谁想在搏斗的时候，我们两人真的扭打在一起，打急了眼，我赶紧跳下床，弟弟也跟着跳了下来追我，追不上，他急了眼，顺手抄起地上的一个小板凳，朝我砸了过来，正好打在我的右腿上，立刻流出了血。弟弟傻了眼，等着爸爸回来挨说吧。

演戏演得我的右腿上留下了一块小小的伤疤。六十多年过去了，它还清晰地留在我的腿上。

鱼鳞瓦房顶上看北斗七星

老院的房顶上，铺着鱼鳞瓦。用脚踩在上面，没觉得什么，坐在上面，有点儿硌屁股。

可能是童年没有什么可玩的，爬房顶成了一件乐事。开始跟着院子里的大哥哥大姐姐一起爬，后来，我一个人也常常会像小猫一样爬上房顶。尤其是夏天的晚上，吃完晚饭，做完作业，我总会悄悄地溜出屋，一个人上房，坐在鱼鳞瓦上，坐久了，也就不觉得硌屁股了。

不知道为什么我总爱爬到房顶上去。那里真的那么好玩吗？或者有什么东西吸引着我吗？除了瓦片之间长出的狗尾巴草，和落上的鸟屎，或者飘落的几片树叶，没什么东西。不过，站在上面，好像自己一下子长高了好多，家门前的那棵大槐树，和我一般高了。再往前面看，西边的月亮门，月亮门里的葡萄架，都在我的脚下了。再往远处看，胡同口的前门楼子，都变得那么矮、那么小，像玩具一样，如果伸出手去拿着它，能把它抱在怀里。

房顶上面，很凉快，四周没有什么遮挡，小风一吹，挺爽快的，比在院子里拿大蒲扇扇风要凉快。

风大一点儿的时候，槐树的树叶被摇得哗啦啦响。我会从裤兜里掏出手绢——那时候，每天上学，老师都检查你带没带手绢——迎着风，看着手绢抖动着，鼓胀着，像一面招展的小旗子。

有时候，我也会特意带一张白纸来，叠成一架纸飞机，顺着风，向房后另一座大院里投出去。看着纸飞机飘飘悠悠，在夜色中起起伏伏，像是夜航，最后不知道降落到那座大院的什么地方。

那座大院里，住着我的一位同学。别的班上卫生委员都是女同学，别看他是男的，却是我们班上的卫生委员。他坐我的座位后面，有一次，上课铃声响了，我才想起了忘记带手绢，有些着急，他从后面递给我一条手绢，悄悄地说他有两条。这样，躲过了老师的检查，我还给他手绢，谢了他。手绢用红丝线绣上了他的名字。幸好，老师只是扫了一眼，要是仔细一看，看见了他的名字，就麻烦了。

我希望，纸飞机落在他家的门前，明天一清早，他上学时出门一眼能够看到，从地上捡起来，一定会有点儿惊奇，不会猜得到是我叠的飞机，特意放飞到他家的院子里。后来，我想，要是飞机真能那么准飞落到他家的门前，又那么巧被他捡起来，我应该在飞机上面写几个字。写什么呢？我瞎琢磨开了，琢磨半天，也不知道写什么好。

坐在房顶上，没有一个人，白天能看到的房子呀树呀花草呀积存的污水呀堆在院子乱七八糟的杂物呀……这所有的一切，都变成了黑乎乎的影子，看不大清楚，甚至根本看不见了。院子里嘈杂的声音，也变得朦朦胧胧，轻飘飘的了，周围显得非常安静，静得整个院子像睡着了一样。

更多的时候，我就是这样无所事事，东一榔头西一棒子胡思乱想。有时候，也会想娘，但想得更多的是姐姐。娘过世几年了，姐姐就离开我和弟弟几年了。忽然觉得时间那么长，姐姐离我是那么远。

站在房顶上，视野开阔，能看得到前门楼子前面，靠近我们胡同这一侧北京火车站的钟楼。姐姐就是从那里坐上火车离开北京去内蒙古的，每一次从内蒙古回家看我们，也是从那里下的火车。每一次回内蒙古，也是从那里上的火车。有时候，能看到夜行的列车飞驰的影子，车窗前闪烁的灯火，像萤火虫那样的微小朦胧；车头喷吐出白烟，像长长的白纱巾，不过，很快就被夜色吞没了。

更多的时候，我只是默默地望着夜空，胡思乱想，或想入非非。老师曾经带我们参观过一次动物园对面的天文馆。在那里，讲解员讲解了夜空中的很多星星，我只记住了北斗七星的位置，像一把勺子，高高地悬挂在天空之北。天气好的时候，我一眼就能找到北斗七星，感觉它们就像是在对着我闪烁，像见到老朋友一样，一直等着我来找它们，让我涌出一种亲切的感觉。

有雾或者天阴的时候，雾气和云彩遮挡住了北斗七星，天空一下暗淡了很多。浓重如漆的夜色，像一片大海，波浪暗涌，茫茫无边，找不到哪里是岸，显得那样神秘莫测。

房顶上，更显得黑黝黝的，只有瓦脊闪动着灰色的反光，像有什么幽灵在悄悄地蠕动。眼前那棵枝叶繁茂的大槐树，影子打在墙上和房顶上，风吹过来，树在摇晃，影子也在摇摇晃晃，树哗哗响，影子也在哗哗响着，像在大声喧哗，树和影子争先恐后说着一些我听不懂的话。

这时候，我有些害怕，忍不住想起院里的大哥哥大姐姐曾经讲过的鬼故事。越想越害怕，便想赶紧从房顶上爬下来，但脚有点儿发软，生怕一脚踩空，从房上掉下来，便坐在那里，不敢动窝儿。

有一天晚上，就在这样心里紧张不敢动窝儿的时候，突然，身后传来了砰砰的声响。无星无月的浓重夜色中，那声音急促而沉重，一声比一声响，一声比一声近。我很害怕，怕真的有什么鬼蓦然出现，赶紧转过身去，不敢朝声音发出的地方看。

这时候，一个黑影出现在我的面前，叫了我一声："哥！"

原来是弟弟。

他对我说："爸找你，到处找不着你，让我出来找！我就知道，你一准儿在这里。"然后他又说了句，"我看见你好几次一个人爬到房顶这里来了。"

那一天，我和弟弟没有着急从房顶上下来。我问清父亲找我没什么大事，便拉着他一起坐在房顶的鱼鳞瓦上，东一榔头西一棒子地聊起来。在家里，我们很少这样聊天，更别说坐在房顶上聊天了。我总觉得他太小。

他问我："你总爱一个人坐在房顶上干什么呀？"

我没有回答他的问题，而是问他："你认识北斗七星吗？"

他摇摇头。

我告诉他北斗七星很亮，要是有一天迷路了，找不到回家的方向了，你看到了北斗七星，就能找到回家的路了。

他便让我告诉他夜空中北斗七星在哪儿。

可惜，那天天阴，看不到一颗星星。

老屋墙上的年画

那天，我回粤东会馆老院，如今，老院有两扇大门，一扇红漆明亮簇新，一扇黑漆斑驳脱落。十几年前，老院就面临拆迁，东跨院几户人家坚持不搬，没有办法，只好留下这扇黑漆老门，大院其他部分早已拆为平地，盖起了新房子。于是，才有了这扇红漆新门。一新一旧，一红一黑，一妻一妾般相互对峙，如同布莱希特的话剧，有了历史跨越之间的间离效果。

可惜，两扇大门都紧锁着，无法进去看看里面到底变成了什么样子。有时候，历史是可以由后人加以改造的，改造后的历史，经过一段时间的做旧，打上了新的包浆后，很容易不声不响地让人们相信历史就是这样子。

我正要转身离去的时候，迎面碰见一位老街坊，挥着手在招呼我。知道我想进老院看看，对我说："走，跟着我！"他打开黑漆大门，我指着红漆大门对他说："进不了新院子呀！"他说："屋后面有段矮墙，翻过去就是新院子了！"

跟着他进了院门，果然，东跨院种满花草的南墙后面，有一道齐腰高的矮墙，他扶着我迈过矮墙，就听见身后有人大喊：谁啊，这么大动静？这位老街坊冲后面喊话的人说："不是外人，是复兴来了！"走近一看，是牛子妈，她看见我，笑笑摆手让我们进了院子。

那一刻，我感到是那样的温馨，就像小时候我们一群孩子爬上了房，踩得她家的房顶砰砰直响，她跑出屋，冲着我们高声大喊一样。过去的一切，是那么亲切。那时候，她多么年轻，牛子和我还都是小孩子。

院子全部都是翻盖新建的房子，原来的格局没有变，老枣树、老槐树和老桑树都没有了。人去屋空，没有任何杂物堆积的院子，显得更为幽深。没有了以往的烟火气，空旷的院子像是一个搬空了所有道具的舞台，清静得有些让人觉得发冷。站在院子里，感觉像有一股股的凉水，从各个角落里涌来，冲到我的脚后跟儿。

甬道最里面东头那三间房子，就是我原来的家。灰瓦，红门，绿窗。地砖，窗台，房檐。清风，朗日，花香。好像日子定格在往昔，只有那些新鲜的颜色，不小心泄漏了沧桑的秘密。

多少孩提时的欢乐，少年时的忧伤，青春期如春潮翻滚的多愁善感，都曾经在这里发生。多少人来人往，生老病死，爱恨情仇，纷至沓来又错综交织的记忆，也都曾经在这里起落沉浮。

走进屋子，原来三间小屋打着两个间壁的，最早是用秸秆抹上泥，再涂上一层白灰，成了单薄的间壁墙。现在，没有了间壁，三间小屋完全被打通，墙白地平，一览无余，显得轩豁了许多，仿佛让曾经拥挤不堪的日子，一下子舒展了腰身。

想起那面间壁墙！不知为什么，突然之间，像不请自入的访客闯进门来，一道刺目的光，照亮尘埋网封的一件件往事，溅起四周一片尘土飞扬。

我读小学六年级，或者是初一的时候，开春一天乍暖还寒的上午，我病了，发烧，没有去上学，躲在家中，倚被窝子。弟弟上学，爸爸上班，妈妈出去买菜，屋里只剩下我一个人，显得格外静，静得能听得见自己怦怦的心跳。

上午的阳光，在纸窗上跳跃，变化着奇形怪状的图案。翻来覆去在床上折饼，怎么也睡不着。不知为什么，我从床上爬了起来，找到妈妈的针线笸箩，从里面拿起一把剪刀。那一刻，我想自杀。

一直到现在，我都弄不明白，这个自杀的念头，是谋划好久的，还是一时性起？我也不清楚，我为什么突然想起要自杀。是心血来潮？是孩童时代心理茫然的无知？是对未来恍惚无着的错乱？还是想念死去的娘和远走内蒙古的姐姐？或是饥荒的年月总是饿肚子？或是比生活的拮据更可怕的出身的压抑？

也许，别人会觉得非常可笑，但当时，自杀，对于我是大事，我确实是郑重其事的，我没有把它当作儿戏。

我把自己用省下的早点钱买的仅有的几本书，从鞋箱里（那时，我家没有书架，只有这么一个小小的两层放鞋的鞋箱，腾了出来，让我放书）拿了出来，整整齐齐地放在桌子上。那是我最为珍贵的东西，被我视作唯一的遗物。

然后，我写下一封给爸爸妈妈姐姐弟弟的遗书，也郑重其事地压在书下，露出纸页长长的一角，好让他们一回家就能看到。纸很轻、很软，飘飘忽忽的，游动的蛇一样，一直垂落到桌下。

我拿起剪刀准备自杀，但我不知道剪刀该往哪儿下手。往自己的脖子上？还是往胳膊上？还是心脏？正在犹豫时——也许是害怕——我忽然抬头看见了那面间壁墙上贴着的一幅年画，是爸爸过年时候新买的。画上画着一位穿着黑色旗袍的年轻的母亲，肩膀上驮着一个穿着蓝色裙子的小姑娘。小姑娘的手里高举着一朵很小很小的小红花。母女四周簇拥着的是一片玫瑰紫色花的海洋。

在那个时代，年画上出现的人物，大多是工农兵的形象，很少能见到有这样面容清秀、身材玲珑的女人，比老式月份牌上的女人还要漂亮。这应该属于资本家的少奶奶，或知识分子家庭的小家碧玉。她的衣领中间，居然还戴着一枚镶着金边的墨绿色宝石，更是那个时代很少会在画作上出现的。她可以拿一本红宝书，戴一枚领袖头像的纪念章，怎么可以戴一枚这么醒目的绿宝石！

这幅年画，从过年一直贴在我家的间壁墙上。我很喜欢，每次看，心里都有一种异样的感觉。这种异样的感觉，是和在外面看到的事物不一样的感觉。而且，还有一种隐隐的爱在心里悄悄地涌动，心里常常暗想，如果她就是我的妈妈，是我的老师，该多好！

就在看到画的那一刻，我觉得画上的这个漂亮的女人，还有那个可爱的小姑娘，似乎正在看着我，看着我手里拿着的剪刀。

我的手像被烫了一下一样。我放下了剪刀。

我忽然为自己一时的软弱竟然想到自杀而羞愧。

是那个漂亮的母亲，那个可爱的小姑娘，救了我。一直到现在，我也无法捋清楚那一刻我的心理为什么会有这样逆转的变化。以现在时过境迁后的认识，美是可以拯救人的。这个世界，存在再多的丑恶，再多的不如意，再多的压抑，再多的悲痛欲绝，只要还有哪怕一点点美的存在，为了那一点点的美，也是值得活下去的。它就像凌晨天边那一抹鱼肚白的晨曦，虽然微弱得只有那么一点点，不用多久，就会带来朝霞满天。

我把剪刀放回妈妈的针线笸箩里。

我把桌子上的那几本书放回鞋箱里。

我把那封可笑的遗书撕碎，放进火炉里，看着它们迸溅火星，烧成灰烬。

我重新躺进被窝里，吞下一片发热的药片，用被子蒙上头，浑身出汗，迷迷糊糊地睡着了。

过去了六十来年，一直到现在，如同悔其少作一般，我从来没敢对别人讲过这桩少年往事。不知为什么，那天站在翻修一新的老屋里，忽然想起那面间壁墙，想起了这桩往事。有的往事，你以为自己早已经忘却，甚至以为忘得一点儿影子都没有了，其实，它或它们只是暂时睡着了，像一头蹲仓的熊，即使经过漫长的冬季，冬眠之后还是会苏醒过来，从黑暗幽深的树洞里爬出来；或者像冻僵之后的蛇，冰雪融化之后，依然会吐着尖锐的信子，咬噬着你的心。

读高中的时候，我知道了，曾经贴在我家墙上那幅漂亮的年画，是画家哈琼文画的。去年，在中国美术馆的一次画展中，我意外看见了哈琼文这幅年画的原作。如同他乡遇故知一般，我的心里漾出一股难以言说的感动，甚至激动。站在那里看着，久久未动。少年时代的往事，悄悄地划过心头。

画面上的那位母亲，还是那么漂亮。

她只有活在画的上面，才会永远那么漂亮。

画面上的那位母亲，还是那么年轻。

而我却早已经老了。

老屋，也更老了。尽管如今翻建一新，油饰一新。涂抹在脸上再新再厚的粉底霜，也难以遮挡岁月的风霜。

白发苍苍

小学四年级，多了一门作文课。教我们这门课的是新班主任老师。我记得很清楚，他叫张文彬，四十多岁的样子。不过，也可能五十岁了，小孩子看大人的年龄，看不准的。张老师有着浓重的外地口音，我听不出来他究竟是哪里的人。他很严厉，又正是年富力强的时候，站在讲台桌前，挺直的腰板，梳一头黑黑的头发——他那头发虽然乌亮，却是蓬松着，一根根直戳戳地立着，总使我想起他给我们讲课时讲解的“怒发冲冠”这个成语——我们学生都有些怕他。

第一次上作文课，他没有让我们马上写作文，带我们看了一场电影，是到长安街上的儿童电影院看的。(如今这家电影院早已经化为灰烬，在包括它在内的这一片地方建起了一个非常大的商厦。)我到现在还记得，看的是《上甘岭》。

那时，儿童电影院刚建成不久，内外一新。我的位置是在楼上，一层层座位由低而高，像布在梯田上的小苗苗。电影一开始，身后放映室的小方洞里射出一道白光，从我的肩头擦过，像一道无声的瀑布。我真想伸出手抓一把，也想调皮地站起来，在银幕上露出个怪样的影子来。

尤其让我感到新鲜的是，每一排座椅下面，都安着一盏小灯，散发着柔和而有些幽暗的光，可以使迟到的小观众不必担心找不到座位。那一排排小灯，让我格外感兴趣，觉得特别的新鲜，以至于看那场电影时我总是走神，忍不住低头看那一排排灯光，好像那里闪闪烁烁藏着什么秘密或什么好玩的东西。

第一次作文，张老师让我们写的就是这次看电影，他说："你们怎么看的，怎么想的，就怎么写，你觉得什么有意思，什么最感兴趣，就写什么。"我把我所感受到的这一切都写了，当然，我没有忘了写那一排排我认为最有意思、最新鲜的灯光。

没想到，第二周作文课讲评时，张老师向全班同学朗读了我的这篇作文。虽然几十年过去了，我还记得特别清楚，他特别表扬了我写的那一排排灯光，说我观察得仔细，写得有趣。他那浓重的外地口音，我听起来觉得是那样亲切。那作文所写的一切，我自己听起来也那么亲切，好像不是我自己写的，而是别人写的似的。童年的一颗幼稚好奇的心，让我第一次对作文产生了浓厚的兴趣。啊，原来自己写的文章，还有着这样的魅力！

张老师对这篇作文提出了表扬，也提出了意见，只是具体的什么意见，我统统忘记了，虚荣心让我光记住了表扬。但是，我记得从这之后，我迷上了作文，作文课成了我最喜欢最盼望上的一门课。而在作文讲评时，张老师常常要念我的作文。他常在课下对我说："多读一些课外书。"我觉得他那一头硬发也不那么"怒发冲冠"了，变得柔和了许多。

有时，一个孩子的爱好，就是这样简单地在瞬间形成的。一个人小时候，遇见一个好老师就是这样重要。老师的一句简单的表扬，对一个孩子就是这样重要。

新年，我们全校师生在学校的小礼堂里联欢。小礼堂是原来的破庙的大殿改建的，倒是挺宽敞，新装的彩灯闪烁，气氛挺热闹的。每个班都要出节目，那天，我和同学一起演出的是话剧《枪》的片段。这是一出儿童团智斗日本鬼子的故事。演得正带劲的时候，礼堂的大门突然被推开了，随着呼呼的冷风，走进来一个白胡子、白眉毛、白头发的老爷爷，穿着一件翻毛白羊皮袄，身上还背着一个白布袋……总之，给我的印象是一身白。走进门，他捋了捋白胡子，故意装出一副粗嗓门儿说道："孩子们，我是新年老人，我给你们送新年礼物来了！"同学们都欢呼起来了，他走到我们中间，把那个白布袋打开，倒出一个个小纸包，递给每个同学一份。那里面装的是铅笔、橡皮、三角板，或是糖果。当我们拿着这些礼物止不住笑成一团的时候，新年老人一把摘掉他的白胡子、白眉毛和白头发，尤其是那一头白发，虽然是染的，但根根直戳戳竖立着，我立刻又想起"怒发冲冠"那个成语。哦，原来这是我们的张老师！

第二年，他就不教我们了。他给我留下了这个白胡子、白眉毛和白头发的新年老人的印象。他给了我一个现实生活中难得的童话！这种童话，只有在我小学四年级那种年龄才能获得，他恰当其时地给予了我。

想起牛老师

牛老师人长得高高胖胖，走路总是挺着大肚子，鹅似的，迈着四方步，从来不紧不慢，无论见到谁，都是先露出一脸的笑容打招呼。现在回忆起来，觉得他特别像之前看过的电影《小兵张嘎》里的胖翻译。相反，他的妻子长得小巧玲珑，和他并排站在一起，一高一矮，一胖一瘦，特别像是一对说相声的。

牛老师四十多了才得子，先后有两个孩子，倒是一男一女一枝花。弟弟胖，像他；个头儿矮，像他妻子。姐姐瘦削，像妻子；个头儿高，又像他。这一家子人长的！街坊们这样说，话里面不带有任何的贬义，只是觉得有点儿好乐。

牛老师和我是街坊，在紧挨着我们大院的另一个院子里住，他儿子小水和我一般大，我常去他家找小水玩。

小学一年级，开学没几天，上第一节图画课时，预备铃声响过，站在教室门口的，竟然是牛老师。我当然知道他是美术老师，我们学校有好几个美术老师，没有想到的是，他教我们美术课。

不仅是我一个学生，班上所有的同学，都认为牛老师是个好老师。小时候，对老师好坏的认知标准是极其偏差的。牛老师之所以被我们很多同学认为好，是因为他是个大好人，别看他胖，说话却柔声细气，脾气特别好，从来没见他的脸上飘过一丝阴云。我们常在图画课上捣乱甚至恶作剧，比如他教我们画水墨画的时候，趁他背过身往黑板上写字，我们偷偷地把他放在讲台桌上的墨汁瓶打翻。他从来不生气，也从来没有向我们班主任老师告状。全班同学，只要你图画课的作业交了，即使画得再赖，赖得像狗屎，他也不会给你不及格。

牛老师住大院里院的两间西屋。他和老伴住里间，他的两个孩子住外间。我和他家的小水之所以混得厮熟，最早是因为小水说他家有成套的小人书《水浒传》和《西游记》。那一阵子，天天从电台广播里听孙敬修老爷爷讲孙悟空的故事，特别想看《西游记》的小人书，一听小水说他家有，迫不及待地就跟着小水进到他家。

他家外屋比里屋大好多，小水和他姐一人一个单人床，靠屋的两侧，紧贴在墙边，屋子中间摆放着一张八仙桌，桌子后面的墙上，挂着一幅大写意的墨荷图挂轴。不用问，肯定是牛老师画的。牛老师教我们图画课的时候，曾经教过我们画这种墨荷，说是不着颜色，只用墨色，就能将荷花的千姿百态画出来，是只有中国水墨画才有的本事。然后，他又兴致勃勃地讲起来墨分五色。说实在的，那时候我是听不懂他说的什么墨分五色，也不大喜欢画这种画，弄得一手都是黑乎乎的墨汁，也画不出牛老师说的那种荷花的千姿百态。尽管这样，牛老师还是不止一次表扬过我，说我有慧根，指着我图画课的作业，说我画得不错，还把我的作业放在学校的橱窗里展览过。现在想来，后来我真的喜欢上了绘画，还真的要感谢牛老师呢。

记得有一天，我和小水挤在他家床头看《西游记》里的《盘丝洞》，牛老师回家来了，看我们两人正在专心看书，冲我们点头笑笑，脱下外衣，一屁股坐在他家的八仙桌旁一杯接一杯地喝茶，没再搭理我们。

听我们大院的街坊们讲，牛老师这两个孩子，他最喜欢姐姐，因为姐姐爱读书，学习成绩好。他嫌小水太贪玩，一进门看见小水和我在一起看小人书，而不是看课本，心里肯定不高兴，不过是看我在身边，不好申斥小水罢了，倒是当着我的面，对小水夸我的画画得好，然后又说让小水也跟他好好学学画画。说着，说着，忽然忧心忡忡地说："将来长大了，也能有一技之长，在社会上好混饭吃。"这话，小水不爱听，抱着小人书，一把拉着我跑出了屋。

这话，我听得也觉得怪，和牛老师在课堂上对我们讲的话不大一样。在课堂上，他总是笑容满面，从来没见过他这样一脸愁云惨淡的，好像他一眼就看见了将来，好像面对着的我们不是孩子，而是一下子就长大了的成年人。

我和小水上了中学以后，小人书成了历史，我们不再看了，都爱读文学方面的书。小学毕业考试，小水考的成绩不好，上了一所普通中学，我考上了市重点汇文中学。尽管我们上的不是同一所中学，难得天天见面，但是，星期天，在图书馆里，我们两人常能碰面，好像约好了似的，让我们两人都非常高兴。那时候，在天安门东边的劳动人民文化宫里，有一座图书馆，是过去的什么大殿。那里开设了一间很开阔的阅览室，古色古香，异常清静，窗外古木参天，浓荫蔽日，正好读书。从那以后，那里就成了我们两人星期天读书的天堂。

尽管牛老师一再要小水跟他学画，小水依然不喜欢，倒是他姐姐喜欢，秉承了牛老师的画画爱好，遗传了牛老师的基因，考上了工艺美术学校。由于牛老师要孩子晚，我和小水读中学不久，牛老师就退休了。尽管他对小水的学习成绩一直叹气，但对小水姐姐考上工艺美术学校，还是挺满意，成为他唯一的安慰。

我已经很少去他家了，倒不是因为上中学以后功课多作业也多，而是我每一次去他家，他总要当着我的面数落小水，说他不争气，让他向我学习！这让小水和我都很尴尬。那时候，我们的年龄毕竟还小，不爱听大人的唠叨，也不大理解大人的心思。牛老师，是一个老师，也是一个父亲：做老师，他可以对所有的学生脾气都好，容忍我们的一切顽皮乃至不好好画画不好好学习的行为；但是，做父亲，他和所有的父亲一样，是望子成龙的呀。

流年似水，和小水分别有四十多年，再未见过面。前些年，为写《蓝调城南》一书，我重返我们大院好多次。老院旧景，前尘往事，不请自来，纷沓眼前，我想起了牛老师和他的两个孩子，便去了隔壁的大院。走到后院牛老师家那两间西屋前，房门紧锁。我问街坊：牛老师还住在这里吗？街坊告诉我，牛老师老两口都过世了。这房子，他儿子小水从山西插队回来后在住，前几年，不是说要拆迁吗，小水一家第一拨就拆迁搬走了。我问知道搬到什么地方了吗？街坊摇摇头，只是说好像是大兴什么地方，具体的，记不清了。

我在牛老师家门前站了老半天，童年的时光，铺满眼前。小水的姐姐，我印象不深，但是，小水的印象很深。但那也只是童年和少年时的印象，以后，小水怎么样了，我一无所知，我的印象里，更多的是牛老师对他隐隐的担忧。

我想起了小水，更想起了牛老师。这时候，想起了牛老师，觉得他不仅是一个好老师，更是一个好父亲。因为，这时候的我，也是一个父亲。

远航归来

不知为什么，最近一些日子，总想起王老师。王老师，是我的小学老师，虽然已经过去了整整六十年，我还清楚记得他的名字叫王继皋。

王老师是我们班语文课的代课老师。那时候，我们的语文任课老师病了，学校找他来代课。他第一次出现在教室门口，全班同学好奇的目光，就聚光灯一样集中在他的身上。他梳着一个油光锃亮并高耸起来的分头，身穿着笔挺的西装裤子，白衬衣塞在裤子里面，很精神的打扮。关键是脚底下穿着一双皮鞋格外打眼，古铜色，鳄鱼皮，镂空，露着好多花纹编织的眼儿。

从此，王老师在我们学校以时髦而著称，常引来一些老师的侧目，尤其是那些老派的老师不大满意，私下里议论：校长怎么把这样一个老师给弄进学校来，这不是误人子弟嘛！

显然，校长很喜欢王老师，因为他有才华。王老师确实有才华。他的语文课，和我们原来语文老师教课最大的不同，是他每一节课都要留下十多分钟的时间，为我们朗读一段课外书。这些书，都是他事先准备好带来的，他从书中摘出一段，读给我们听。书中的内容，我都记不清楚了，但每一次读，都让我入迷。这些和语文课本不一样的内容，带给我很多新鲜的感觉，让我想入非非，充满好奇和向往。

不知别的同学感觉如何，我听他朗读，总觉得像是从电台里传出来的声音，经过了电波的作用，有种奇异的效果。那时候，电台里常有小说连播和广播剧，我觉得他的声音，有些像电台广播里常出现的董行佶。爱屋及乌吧，好长一阵子，我喜欢听人艺演员董行佶的朗诵。私底下，我模仿着王老师的声音，也学着朗诵。有一次，我参加学校组织的朗诵比赛，选了一首袁鹰写的《密西西比河，有一个黑人的孩子被杀死了》，班主任老师找王老师指导我。他很高兴，记得那天放学后在教室里，一遍一遍辅导我，他很兴奋，我也很兴奋。离开校园，天都黑了，满天星星在头顶怒放，感觉是那样美好。我喜欢文学，很大一方面，应该来自王老师教给我的这些朗诵。

王老师朗读的声音非常好听，他的嗓音略带沙哑，用现在的话说，是带有磁性。而且，他朗读的时候，非常投入，不管底下的学生有什么反应，他都沉浸其中，声情并茂，忘乎所以。有时候，同学们听得入迷，教室里安静得很，他的声音在教室里水波一样有韵律地荡漾。有时候，同学们听不大懂，有调皮的同学开始不安分，故意出怪声，或成心把铅笔盒弄掉到地上。他依旧朗读他的，沉浸在书中的世界，也是他自己的世界里。

王老师的板书很好看，起码对于我来说，是见到的老师里字写得最好看的一位。他头一天给我们上课，先介绍自己的名字的时候，转身用粉笔在黑板上写下了“王继皋”三个大字，我就觉得特别好看。我不懂书法，只觉得他的字写得既不是那种龙飞凤舞的样子，也不是教我大字课的老师那种毛笔楷书一本正经的样子，而是秀气中带有点儿潇洒劲头。我从没有描过红模子，也从来没有模仿过谁的字，但是，不知不觉地模仿起王老师的字来了。起初，上课记笔记，我看着他在黑板上写的字的样子，照葫芦画瓢写。后来，渐渐地形成了习惯，写作文，记日记，都不自觉地用的是王老师写字的样子。这个习惯，一直延续到我读中学，即使到现在，我的字里面，依然存在着王老师的字抹不去的影子。这真是件非常奇怪的事情，一个人对你的影响，竟然可以通过字绵延那么长的时间。

不仅字写得好看，王老师人长得也好看。我一直觉得他有些像当时的电影明星冯喆。那时候，刚看完《南征北战》，觉得特别像，还跟同学说过，他们都不住点头，也说是像，真像。后来，我又看了《羊城暗哨》和《桃花扇》，更觉得他和冯喆实在是太像了。这一发现，让我心里暗暗有些激动，特别想对王老师讲，但没有敢讲。当时，我年龄太小，觉得王老师很大，师道尊严，拉开了距离。其实，现在想想，王老师当时的年龄并不大，撑死了，也不到三十。

王老师给我留下最深的印象，是好几次讲完课文后留下来的那十多分钟，他没有给我们读课外书，而是教我们唱歌。他自己先把歌给我们唱一遍，唱得真是十分好听，比教我们音乐课的老师唱得好听多了。沙哑的嗓音，显得格外浑厚，他唱得充满深情。全班同学听他唱歌，比听他朗诵要专注，就是那几个平时调皮捣蛋的同学，也抱着脑袋听得入迷。

不知道别的同学是否还记得，我到现在仍然记忆犹新。王老师教我们唱的歌的歌名叫作《远航归来》。我到现在还清楚地记得那里面的每一句歌词：

祖国的河山遥遥在望，
祖国的炊烟招手唤儿郎。
秀丽的海岸绵延万里，
银色的浪花也叫人感到亲切甜香。
祖国，我们远航归来了，
祖国，我们的亲娘！
当我们回到你的怀抱，
火热的心又飞向海洋……

这首歌不是儿童歌曲，但抒情的味道很浓，让我们很喜欢唱，好像唱大人唱的歌，我们也长大了好多。全班一起合唱，响亮的声音传出教室，引来好多老师，都奇怪怎么语文课唱起歌来了？

一连好几次的语文课上，王老师都带我们唱这首歌，每一次唱得我都很激动，仿佛真的像一名水兵远航归来，尽管那时我连海都没有见过，也觉得银色的浪花和秀丽的海岸就在身边。我还发现，每一次唱这首歌的时候，王老师比我还要激动，眼睛亮亮的，好像在看好远好远的地方。

没有想到，王老师教完我们这首歌没几天，就离开了学校。那时候，我还天真地想，王老师教课这么受我们学生的欢迎，校长又那么喜欢他，兴许时间一长，他就可以留在学校里，当一名正式的老师。

我们的语文任课老师病好了，重新回来教我们。我当时心想，他的病怎么这么快就好了呢？王老师在课上，没有说一句告别的话，甚至连他就要不教我们的意思都没有流露，就和我们任课老师完成了交接班的程序。甚至根本不需要什么程序，像一阵风吹来了，又吹过去了，了无痕迹。那一天语文课，忽然看见站在教室门前的是我们的任课老师，不再是王老师，心里忽然像是被闪了一下，有点儿怅然若失。

当然，那时，我们所有的同学都还是孩子，王老师没有必要将他的人生感喟对我们讲。我总会想，王老师那么富有才华，为什么只是一名代课老师呢？短暂的代课时间之后，他又会去做什么呢？当时，我还太小，无法想象，也没有什么为王老师担忧的，只是觉得有些遗憾。但是，时过境迁之后，越来越知道了一些世事沧桑和人生况味，对王老师的想象在膨胀，便对王老师越发怀念。

整整六十年过去了，这首《远航归来》，还常常会在耳边回荡。这首歌，几乎成了我的少年之歌，成了王老师留给我难忘而带有特殊旋律的定格。

长大以后，读苏轼那首有名的诗：人生到处知何似，应似飞鸿踏雪泥。泥上偶然留指爪，鸿飞那复计东西。会想起王老师。他教我不到一学期，时间很短，印象却深。鸿飞不知东西，但雪泥留下的指爪印痕，却是一辈子抹却不掉的，这便是一名好老师留给孩子的记忆，更是对于孩子的影响和作用。

我以为我不会再见到王老师了。没有想到，初三毕业的那年暑假，我在新认识不久的一个高三的师哥家，竟然意外见到了王老师。

他家离我家不远，是一个三进三出的大四合院。那时，学校有一块墙报叫《百花》，每月两期，上面贴有老师和学生写的文章，我的这位师哥的文章格外吸引我，他成为我崇拜的偶像。我到他家，是他答应借书给我看。记得那天他借我的是李青崖译的上下两册《莫泊桑短篇小说选》。他向我说起了王老师的事情，因为出身资本家，王老师没有考上大学，以为是考试成绩不够，他不服气，又一连考了两年，都以失败告终。不仅因为没有考上大学，还因为他出身不好，又好打扮，便也没给他分配工作，他只能靠临时打工谋生，最后，家里几番求人颠簸，好不容易分到南口农场当了一名农场工人。然后，他又对我说，他喜欢文学，也是受到了王老师的影响。

我见到王老师的时候，他正坐在一个小马扎上，在他家的门前一片猩红色的西番莲花丛旁乘凉。我一眼认出他来，走上前去，叫了一声：王老师！他眨着迷惑不解的眼睛，显然没有认出我来。我进一步解释：您忘了？第三中心小学，您代课，教我们语文？他想起来了，从小马扎上站起来，和我握手。我才发现，他是拄着一个拐杖站起身来的。我师哥对我说：是在农场山上挖坑种苹果树的时候，石头滚下来，砸断了腿。他摆摆手，对我说：没事，快好了。

那一刻，小学往事，一下子兜上心头，我好像有一肚子话要说，却什么也说不出来。他看见我手里拿着的书，问我：看莫泊桑呢？我所答非所问地说：我还记得您教我们唱的《远航归来》呢。他忽然仰头笑了起来。我们就这样告别了。那以后，我好久都不明白，说起了《远航归来》，他为什么要那样笑。我只记得，他笑罢之后，随手摘下了一片身边西番莲的花瓣，在手心里揉碎，然后丢在地上。

玻璃糖纸

小洁是个很小的小姑娘，也就五六岁的样子。她的爸爸妈妈都在部队上，离北京很远的边疆，一年只能回家探亲一次。小洁一直住在我们大院里她奶奶家。那时候，我们大院的小孩子，没有送幼儿园的，都是老人带。小洁的奶奶忙得很，家里的孩子多，光给一家人做饭，就够老太太忙乎的。小洁太小，和我们这些就要上中学的大孩子玩不到一起，她只好常常一个人玩，显得很寂寞。

小洁的奶奶家和我家是邻居。她奶奶忙乎的时候，如果看到我正好在家，有时她会溜到我家里来，找我玩。可是，我能和她玩什么呢？我家里没有任何玩具，我只能给她讲故事。故事讲腻了，就丢给她一本小人书，或者好多年前我看过的儿童画报《小朋友》，让她自己一个人玩会儿。

有一天，小洁拿着好几张不同颜色的玻璃糖纸，找我玩。她把糖纸都塞到我的手里，对我说："你把玻璃糖纸放在你的眼睛上看太阳，能看到不同颜色的太阳！"

我用糖纸遮住一只眼睛，然后闭上一只眼睛，对着太阳看，还真的是看到了不同颜色的太阳，黄色的玻璃糖纸中的太阳就是黄色的，绿色的玻璃糖纸中的太阳就是绿色的，蓝色的玻璃糖纸中的太阳就是蓝色的……

“好玩吧？”小洁问我。

我知道，她是想和我一起玩，才想出了这样一个办法。我对她说：“你怎么想起了这么个法子来玩的呢？”

她告诉我：“我有好多这样的糖纸呢！晚上，我睡不着，用这些糖纸对着灯光看，灯光的颜色也就不一样了！对着我奶奶看，我奶奶的颜色也不一样了呢！”

“是吗？你真聪明！”我夸奖她。这样的玻璃糖纸，只有包装那些高级奶糖太妃糖咖啡糖夹心糖的糖块才会有。一般人家，不会买这样贵的糖，像我家，只有在过年的时候，爸爸才会买一些便宜的硬块的水果糖，这种水果糖不会用这样透明的玻璃纸包，只用一般的糖纸而已。

小洁听我夸奖了她，高兴地对我说：“我把我的糖纸拿来给你瞧瞧吧！”说着，她就跑回家，不一会儿，抱着一个大本子，又跑了回来，把本子递给我。

那是一本精装的硬壳书，书名叫《祖国颂》。记得很清楚，是 1959 年中国青年出版社出版的一本书，那一年，我上小学五年级，正好赶上建国十周年大庆。

打开书一看，是本诗集，里面全都是一首首现代诗。扉页上，歪歪扭扭地写着她爸爸妈妈和爷爷奶奶的名字，最后一行特别写着：这些字都是梁洁写的。我夸奖她说字写得真好！她高兴地笑了，让我赶紧往后翻书。我翻开一看，书里面好多页之间夹着一张或两张玻璃糖纸，都快把整本书夹满。每张糖纸的颜色和图案都不一样，花团锦簇的，非常好看。我认真地一页一页地翻，一页一页地看，从头看到尾。

那时候，姐姐常来信，信封上贴着花花绿绿的邮票，我刚开始积攒邮票，我只知道集邮，还没有听说集糖纸的。我禁不住接着夸小洁：你真够棒的，攒了这么多的糖纸！真好看！你怎么一下子攒这么多糖纸的呀？

她告诉我，爸爸妈妈每一次回家看她，都会给她买好多的奶糖，探亲假结束，爸爸妈妈回部队了，奶奶怕吃糖吃坏了牙，只许她一天吃一颗奶糖，她一颗颗吃着奶糖，一天天数着日子，盼望着爸爸妈妈再回来看她。开始是奶奶帮助她把每天吃完奶糖扔的糖纸，随手夹在她爸爸读过的这本诗集里，夹的糖纸多了，她觉得挺好看的，自己就开始积攒起糖纸来了，糖纸越来越多，把这本书都给撑得鼓胀了起来。

“每次我爸爸妈妈回来，我都让他们给我买不一样的奶糖，我的玻璃糖纸就更多更好看了！”小洁看我这么欣赏她的糖纸，非常高兴地对我说。

其实，我不光是看她攒的这些漂亮的糖纸，更是看每一页上面的诗，那时候，我已经看了很多文学方面的书，喜欢看诗。虽然密密麻麻的诗句看不全，但每一首的作者是能看到的，记住了有田间、徐迟、袁鹰、艾青、郭小川、公刘、贺敬之、张志民、李学鳌……大多是我听说过的诗人，却还没有看过他们的诗，我真想看看这些诗，便对小洁说：“你能把这本书借我看两天吗？”

她立刻点头说：“行！”

这本《祖国颂》，在我手里，从头到尾仔细看了一遍，还抄了好多首诗。这是我第一次读到这么多诗人写的关于祖国的诗歌。我把书还给小洁，谢了她。她扬着小脸，很奇怪地问：“谢什么呀？”

她还会常拿着玻璃糖纸找我玩，不过，不再玩玻璃糖纸遮住眼睛看太阳的把戏了，而是教我怎么把一张玻璃糖纸折成一个小人，一只小鸟。她的手指很灵巧，不一会儿的工夫，就能折成一个小人，一只小鸟，是穿着裙子跳舞的小姑娘，是张开翅膀会飞的小鸟。说是教我，其实，是在表演给我看呢。

我问她："你可真行！谁教你的呀？"

她告诉我，是她奶奶。

我读初二的时候，小洁的爸爸妈妈从部队转业回到北京，把小洁接走了。那一年，小洁要上小学一年级了。临走的前一天晚上，小洁跑到我家找我，手里拿着那本夹满玻璃糖纸的《祖国颂》，说是送给我了！我很有些意外，这本书里，积攒着她的糖纸，也积攒着她的童年。我自己集邮，集了一本的邮票，可不舍得给人，她却那么大方地把这一整本糖纸送给了我，我连忙推辞。她却很坚决："我爸爸妈妈总给我买奶糖，我的玻璃糖纸多的是！再说，我知道，你喜欢这本书里的诗。"

我再也没有见到过小洁。每一次看到这本《祖国颂》，我都会想起她。

憋老头儿

我住的大院很老了，据说前清时就有了。建大院的，是一个进京赶考没有考上进士，后来当了商人的人。我家搬进住的时候，大院早已经破败，但三进三出的院落还在，前出廊，后出厦，大影壁、高碑石，月亮门、藤萝架，虽然都残破了，也还都在，可以想象前清建造它时的烟火鼎盛。院子大是大，唯一的缺点，就是只有一个公共厕所。当初，人家就是一家人住，一个厕所够用了，谁想后来陆续搬进来那么多人，当然就显得紧张了。全院二十多户人家老老少少，一般都得到那里方便，一早一晚，要是赶上人多，着急的人就只好跑到大街上的公共厕所。

厕所只有两个蹲坑，但外面有一条过道，很宽阔，显示出当年的气派来。走过一溜足有七八米长的过道，然后有一扇木门，里面带插销，谁进去谁就把插销插上。我们孩子中常常有嘎小子，在每天早上厕所最忙的时候，跑进去占据了位置，故意不出来，让那些敲着木门的大爷干着急没辙。我们管这个游戏叫作“憋老头儿”，是我们童年最能够找到乐子的一个游戏。

厕所过道的那一面涂成青灰色的山墙，则成了我们孩子的黑板报，大家在“憋老头儿”的时候，用粉笔或石块往上面信笔涂鸦。通常是画一个长着几根头发的人头，或是一个探出脑袋的乌龟，然后在旁边歪歪扭扭地写上几个大字：某某某，大坏蛋；某某某，喜欢谁谁谁之类，自然，前者的某某某是个男孩子，后者的谁谁谁是女生。当这个某某某的男孩子上厕所时，一眼看见了墙上的字和画，猜想出是谁写谁画的后，就会把某某某几个字涂掉，再写上一个新的某某某，要是一时猜不出是谁写的，就在旁边写上：谁写的谁是王八蛋！

大院的孩子，无形中分成了两派：一派是以九子为首的一大帮，一派则是孤零零的大华一个人。大华那时确实很孤立，除了我还能和他说几句话之外，没有一个孩子理他。当然，这其中也有怕九子的因素在内，想略微表示一下同情也就不敢了。九子的一头明显占了绝对的上风，弄得大华抬不起头，惹不起，就尽量躲着他们。

九子的领袖地位似乎是天生形成的，也可以说是九子就有这个天分。孩子自然而然地围着他，他说什么，大家都信服，也照着办。他的一个眼神、一个手势、一个口哨，就能够把全院的孩子们，像招鸟一样招过来。

大华倒霉就倒霉在他是个私生子，他是前两年和他姑姑一起才搬进我们大院里来的。他一直跟着他姑姑过，他的妈妈在外地，偶尔会来北京看看他，但谁都没有见过他爸爸，他自己见过没见过，谁也不清楚，我曾经想问他的，但最后还是没敢问。

九子领着一帮孩子，都不跟大华玩，还把当时我们在学校里唱的《我是一个黑孩子》的歌词“我是一个黑孩子，我的家在撒哈拉沙漠以南的非洲”给改了：“我是一个黑孩子，我的家不知在何处……”故意唱给大华听。一遍一遍地反复地唱，一直唱到大人们听见了，出来干涉，把九子他们骂走。

九子住在前院一间东房里，那是我们大院里最次的房，有道是有钱不住东南房。

大华住在后院三间坐南朝北的大瓦房里，是我们大院最好的房，当年建大院的那个商人一家的主人就住在那里。

那时，九子和大华比我高两年级，都上小学五年级，却成了不共戴天的仇人。我夹在他们中间，像三明治一样难受。我既不想得罪九子，对大华也很同情。

九子他们决心要把大华搞臭到底，九子要占领舆论阵地，厕所的那面墙，成了最好的地方。首先，九子招呼着他的那些小喽啰，把平常“憋老头儿”的功夫用到了大华身上，每逢大华要上厕所时，十有八九被憋。好不容易进去了，一面山墙上写满的都是：滕大华是一个黑孩子，滕大华没妈又没爸……之类的话。大华擦了一遍，墙上很快又出现同样的内容。

大华只好不再上大院里的厕所，宁可跑到大街上去上公共厕所。每一次，大华都要拽上我，陪他一起跑到大街上的公共厕所去。那时他把我当成了他唯一的朋友。他是个私生子，我有个后妈，我们两人同病相怜，自然成了朋友。

那个公共厕所离我们大院很远，我们得跑一两百米，每次都像是冲刺似的，你追我赶的，迎风呼呼直叫，特别来劲，在大街上很惹人眼目，以为我们是在练跑步，或者是在抽风。这时候，大华总是显得很高兴，忘记了一切的不愉快。

有一天下午放学，刚刚走出学校的门口，我看见九子突然一面墙似的横在我的面前。他一步走近我，鼻子尖都快顶住了我的鼻子尖，眼光很凶地死死地盯着我。他是特地在这里憋住了我，我知道他要干什么，一定是要我不再理大华。

果然，他把这话说出了口。

听见了吗？

我没有说话。

他又问了我一遍：“你聋了怎么着？问你话呢，听见没有？”然后，他挥挥拳头，“你想尝尝‘栗子暴’怎么着？”

我怕他，只好点了点头。

“不行，点头不算，你必须说话答应！你又不是哑巴。”

许多学生都围了上来，好多是九子他们班上的，是他的同伙。我只好答应了。

答应了，是答应了，心里总觉得有些对不起大华，也恨九子太霸道。当大华找我时，我还是和大华在一起。看到大华孤零零一个人在大院里徘徊，总觉得自己也很孤独，和大华有一种惺惺相惜的感情。

大院里的孩子开始不再和我玩了，见了我，就远远地走开。他们在一起玩，比如玩官兵捉匪或老鹰捉小鸡的游戏或者斗蛐蛐时，故意把我闪在一边，成心对着我大呼小叫，向我示威。我知道，是九子的主意，他们把我和大华彻底孤立起来了。

就在这时候，大院厕所的那面山墙上出现了新的内容，画着两个小孩的头，一个高，一个低，一个圆，一个方，歪歪扭扭地在一边写着上下两行大字：肖复兴没妈滕大华没爸，肖复兴和滕大华是一丘之貉（这是九子在语文课本里新学的成语）！

这事把我惹火了，一种从来没有的自尊心被伤害的感觉，让我燃起复仇的火焰。那天晚上，我找到大华，问他：“你看见厕所墙上的东西了吗？”

他点点头。

我说：“欺人太甚了！”

他又点点头。

我说："咱们得报仇，你说对不对？"

他接着点点头，然后问我："怎么报？"

我说："首先要捉贼捉赃，捉到写的人，跟他没完。"

于是，每天在上学前的早晨和放学后的晚上，我和大华分工合作，分别盯着去厕所的所有的孩子。有时候，我们两人索性藏在厕所里，希望能够看到他们动手往墙上瞎写瞎画的时候，一把抓住他们的手。他们似乎知道了自己的身后落有我们的目光，都有些收敛，以至于我们一连好多天都一无所获。

那天早晨，九子的爸爸上厕所，厕所的木门关着，老爷子刚要走，听见里面有人在说话，是九子的声音，隔着门缝一看，看见九子正在往墙上瞎写呢，气得老爷子一脚踹开门，上前扭住他的胳膊，在厕所里就把他臭揍一顿，算是替我们报了仇。

从此，厕所黑板报的内容才有了更改。

九子和大华都上了中学以后，对到厕所去玩"憋老头儿"的游戏，越来越失去了兴趣，都觉得有些太小儿科了吧。于是，那块阵地便让位给了新起来的一帮子小孩了。

发小儿就是那把老红木椅子

发小儿，是地道的北京话，特别是后面的尾音“儿”，透着亲切的劲儿，只可意会。发小儿，指从小在一起的小学同学。但是，发小儿比起同学来说，更多了一层友谊的意思在内。也就是说，同学之间，可能只是同过学而已，没有那么多的交情可言；而发小儿是在摸爬滚打一起长大的年月中有着深厚友谊一说的。比起一般拥有友谊的朋友而言，发小儿又多了悠长时光的浸透，因为很多朋友，是没有发小儿从童年到老年一直在一起那样漫长时间的。从这一点讲，发小儿和你在一起的时间，可能会比你和父母、妻子、孩子在一起的时间还要长久。

正是因为有时间这样的维度，童年的友谊，虽然天真幼稚，却也最牢靠，如同老红木椅子，年头再老，也那么结实，耐磨耐碰，漆色总还是那么鲜亮如昨，而且，有了岁月打磨过的厚重包浆，看着亮眼，摸着光滑，使着牢靠。事过经年之后，发小儿就是那把老红木椅子。

黄德智就是我这样的一个发小儿，不能和一般的小学同学同日而语。小学同学有很多，可以称为发小儿的，只能有一位或两位。我和黄德智从小一起长大，有六十多年的友谊。小时候，他家境殷实，住处宽敞，住在前门外草厂三条一个独门独户的小四合院里，在整个一条胡同里，那是非常漂亮的一个院子，大门的门楣上有镂空带花的砖雕，大门上有一副精美的门联：林花经雨香犹在，芳草留人意自闲。虽然看不大懂，但觉得词儿很华丽。

我家住西打磨厂，离他家不远，穿过墙缝胡同就到。为了放学之后学生写作业便于监督管理，老师把就近住的学生分配到一个学习小组，我和黄德智在一个小组，学习的地方就在他家，学习小组的组长，老师就指定他当。几乎每天放学之后，我都要上他家写作业，顺便一起疯玩。天棚鱼缸石榴树，他家样样东西都足够让我新奇。我第一次有了这样的感觉，同样都是过日子，各家的日子是不一样的。

到他们家那么多次，我从来没有见过他的爸爸，可能他爸爸一直在外面工作忙吧。每一次，出来迎接我们的都是他的妈妈。他妈妈长得娇小玲珑，面容姣好，皮肤尤其白皙，像剥了壳的鸡蛋。后来，我知道了，她是旗人，当年也是个格格呢。她没有工作，料理家里的一切。她说一口地道的北京话，很和蔼客气，看我们一帮小孩子在院子里疯跑，也没有什么不耐烦，相反，夏天的时候，还给我们酸梅汤喝。那是我第一次喝酸梅汤，是她自己熬制的，酸梅汤放了好多桂花，上面还浮着一层碎冰碴儿，非常凉爽，好喝。

黄德智长得没有他妈妈好看，但是，和他妈妈一样白皙。和我们这些爱玩爱闹的男孩子不大一样，他好静不好动。他没有别的爱好，就是喜欢练书法，这是他从小的爱好。他家有一个老式的大书桌，大概是红木的，反正我也不认识，只觉得油漆很亮，像涂了一层油似的，即使阴天里也有反光。

那是我第一次见到书桌，因为我家只有一个饭桌，吃饭、写作业都在这个饭桌上。他家的书桌上常摆放着文房四宝，还有那么多支大小不一的毛笔悬挂在笔架上，也是我第一次见到。每一次写完作业，我们这些同学回家，可以在街上疯跑，或踢球打蛋，或去小人书铺借书看，他不能出来，被他那个长得秀气的妈妈留在屋子里，拿起毛笔写他的书法。

在学校里，黄德智不爱说话，默默地，像一只躲在树叶后面的麻雀，不显山不露水。但他的毛笔字常常得到教我们大字课的老师的表扬，这是让他最露脸的时候，我特别为他感到骄傲。我的大字写得很一般，他曾经送过一支毛笔和一本颜真卿的字帖给我，让我照着字帖写，他对我说，他很小就开始临帖了。

有一次，在少年宫举办全区中小学生书法展览，他写的一幅书法在那里展览了。我记得很清楚，是写得很大的一幅横幅，用楷书写的六个大字：风景这边独好。展览会开幕那天，我和他一起去少年宫，其实，我不懂书法，对书法也没有什么兴趣，黄德智送我的那支毛笔和那本字帖，我根本就没有动过。但是，有黄德智的书法在那里展览，我当然要去捧场。所以，去那里，主要是看黄德智这六个楷书大字。

那天的展览，我们班上的同学一个也没有去，常到他家写作业的学习小组里的人，一个也没有去。我挺不高兴的，替黄德智愤愤不平。他却说：“你来了，就挺好的了！”这话，让我听后挺感动，我知道，这就是我和他发小儿之间的友谊。

看完展览回去的路上，天上忽然下起雨来，开始雨不大，谁想不大一会儿工夫，雨越下越大，我们两人谁也不想找个地方躲雨，一直往前跑。少年宫在芦草园，靠近草厂三条南口，便都觉得离黄德智家不远了，想赶紧跑到他家再说。但是，就这样不远的路，跑到他家的时候，我们都已经被淋得浑身湿透，像落汤鸡了。

他妈妈看见我们两人狼狈的样子，忙去找来黄德智的衣服，非让我换上不可。然后，又跑到厨房去熬红糖姜汤水，热腾腾的，端上来，让我们一口不剩地喝光。

雨停了下来，我穿着黄德智的衣服走出他家的大门，黄德智送我到胡同口，我又想起了刚才喝的那碗红糖姜汤水，问他："都说红糖水是给生孩子的妈妈喝的，你妈妈怎么给咱们喝这个呀？"他笑着说："谁告诉你红糖水只能是生孩子的妈妈喝？"我们两人都忍不住咯咯地笑起来。我从来没有看到过他这样开心的笑呢。

高中毕业，我去了北大荒插队，黄德智留在北京肉联厂炸丸子，一口足有一间小屋子那么大的大锅，哪吒闹海一般翻滚着沸腾的丸子，是他每天要对付的活儿。我插队回来探亲的时候到肉联厂找他，指着这一锅丸子说："你多美呀，天天能吃炸丸子！"他说："美？天天闻这味儿，我都想吐。"

可是，他一直坚持练书法，始终没有放弃。

我从北大荒刚调回北京那年，跑到他家找他叙旧，他确实没有放弃，白天炸他的丸子，晚上练他的书法。没过几天，他抱着厚厚一摞书来到我家，说是送我的，我打开一看，是人民文学出版社 1957 年版的十卷本《鲁迅全集》。他说，路过前门旧书店看到的，想我喜欢读书，喜欢写作，就买下了。我问他多少钱，他说 22 元。那时候，他每月的工资才 40 多元，我刚要说话，他马上又对我说，接着写你的东西，别放弃！

如今，黄德智已经成为一名不错的书法家，他的作品获过不少的奖，陈列在展室里，悬挂在牌匾上，印制在画册中。前几年，黄德智乔迁新居，我去他新家为他稳居。奇怪的是他的房间里没有看见他的一幅书法作品，我问他，他说觉得自己的字还不行。他的作品一包包卷起来都打成捆，从柜子的顶部一直挤满到了房顶。他打开他的柜子，所有的柜门里挤满了他用过的毛笔。打开一个个盛放毛笔的盒子，一支支用秃的笔堆在一起，如同一座小山。他说起那些笔里面的沧桑，胜似他的作品，就如同树下的根，比不上枝头的花叶漂亮，却是树的生命所系，盘根错节着日子的回忆。其中一段，属于我和他的小学回忆。

一个人，经历了人生种种，会有很多回忆，但发小儿这一段回忆，无与伦比。我说过，发小儿就是那把老红木椅子。一个人，如果老了之后，还能和一个或几个发小儿保持联系，是极其难得的。哪怕你老得走不动道了，有发小儿在，你就有了一把这样结实可靠的老红木椅子，可以安心舒心地靠靠，聊聊天，品品茶，还可以品出人生别样的滋味。

水房前的指甲草

我们的大院三个院落里，中间的院子特别，多出东西两侧的各一间房子，分别是当年的水房和厨房。自来水原来在水房里，后来搬进来的人家一多，房子不够住，水房便成了住房，水龙头移到了窗外。

大院新搬进来一户姓商的人家，他家的先生在银行里做事，太太没有工作，有三个女儿，年龄分别相差有三四岁的样子，老闺女比我小三岁。奇怪的是，两个姐姐穿戴都十分漂亮，只有她永远一身灰不喇唧的旧衣服；更奇怪的是，他们一家人分别住在东厢房里，只有老闺女住在水房里。那时，水房已经被他们家改造成了厨房。

大院里那些好奇而快嘴的大婶和婆婆私下议论，老闺女不是商太太亲生的，是商先生的私生女，所以才遭受如此待遇。也有人说，是因为老闺女长得难看。这个疑团到现在也没有弄清。对比两个姐姐，她是长得难看，瘦小枯干，像根豆芽菜。但她有个好听的名字，叫曼丽。

那时，她上小学三四年级吧，放学回来就系上围裙，开始干活儿。她妈妈总是颐指气使地让她干这干那，她爸爸在一旁，屁也不敢吭一声。这么小的年纪，干这么多的活儿，有时候她妈妈还嫌她干得不好，举手就打，简直比保姆还不如。街坊们没少骂商家两口子。最让人看不过去的，是晚上睡觉，让曼丽睡在厨房里不算，还没有床，只能睡在吃饭用的小石桌上，连腿都伸不开。

曼丽是他们家的灰姑娘。

曼丽很少和我们一起玩，也很少和我们说话，因为她总是在干活儿。我们也很少见到她和她的两个姐姐一起玩，或一起说话，好像她们没有一点血缘关系，只是陌生人。即使是陌生人，见了面也应该打个招呼吧？但那两个姐姐只会像她们的妈妈一样，像吆喝一条狗一样吆喝她，指挥她替她们拿这拿那的。当时，我真的非常奇怪，这两个姐姐怎么和她们的妈妈是一个模子里刻出来的一样？即便她真的是一个私生女，就该是她的原罪要惩罚她到底吗？那时候，我刚刚读完美国作家霍桑的小说《红字》，心想那是她们刻在她脸上的红字，成心要羞辱她。她却是那样逆来顺受，好像一切就应该这样。

曼丽唯一的爱好，是养了一盆指甲草，说是盆，其实就是她家一个打碎了的腌菜罐子。这种草本的花，很好养活，埋在土里一粒花籽，几场雨后，一夏天就能开满星星点点的小红花。小姑娘都爱把指甲花用手捻碎了涂在指甲上臭美。曼丽也不例外，用指甲花染红自己的指甲，却被她妈妈看见，劈头盖脸骂了她一顿，非逼着她洗掉。而她的两个姐姐十指涂抹得猩红猩红的，却不见她妈妈的任何反应。

我们大院的孩子都替曼丽鸣不平，也曾经大义凛然地联名写信告曼丽的妈妈，我也在上面签了名。我们说起码几个姐妹一视同仁，不应该让曼丽再住在水房的小石桌上。信寄到派出所，来了一个女警察到她家。那一天，我们都很兴奋，等待着信能像一枚爆竹爆炸，蹿起冲天的烟火，可以好好教育教育这个恶老太太。第二天，这个恶老太太就站在水房门口撂着脚的大骂："谁家的孩子有人养没人管，狗揽八泡屎，跑到老娘头上动土……"后来，警察不来了，事情不了了之，她家形势依旧。曼丽依然住在水房里，睡在小石桌上。

我们不甘心，夜里常爬上房，踩她们家的屋顶，学猫叫，吓唬她们。要不就是看见曼丽的妈妈要上厕所了，我们提前钻进厕所里，关上门，让她着急，再怎么拍打厕所的门，我们就是不开。那时候，我们就是这样可笑，无能为力，只能忍住大人们的骂，干这样可笑的事情。

而对于曼丽，我们都是同情她的。那时，我们常恶作剧偷走别人家摆在窗前的花呀、鞋呀，然后丢到别处，让人家着急到处乱找。但我们从来没有动过一次曼丽摆在水房前的指甲草。有一次，她妈妈嫌弃她的指甲草破破烂烂，把花扔进了垃圾桶。我们捡了回来，重新放在水房的窗前。曼丽看见了指甲草，冲我们笑了笑。那是我很少见到的她的笑脸。

那年秋天，一天放学，突然听到曼丽死的消息，说是从护城河捞上来她的尸体，全身都被水泡肿了。全院里的人，谁也不知道她是为什么而死的，但谁又都清楚她是为什么而死的。我们大院的孩子们，对商家一家，尤其是对老太太充满了憎恶。谁知他们一家却跟什么事情都不曾发生过一样，没过多久，便在水房边上盖起了一间厨房，把水房里曼丽用过的一切东西，包括那张小石桌和那盆指甲草全部扔掉，然后重新装修一番，漫上了方砖，作为他们家的客厅。那时候，她家的大女儿正搞对象，天天晚上在里面跳舞。舞曲悠扬中，他们不觉得曼丽的影子会时时出现，睁大了眼睛瞪着他们吗？

第二年的夏天，水房的窗缝儿里冒出了一株绿芽，几场雨过后，很快就长大了，竟然是指甲草，一定是原来那盆指甲草的种子落在窗台的泥缝里。看见那小红花开出来，我的心里无比地伤感。那天的黄昏，趁他们家没人，我狠狠地扔了一块砖头，砸碎了水房的窗玻璃。碎玻璃碴子溅在指甲草上，星星点点，在夕阳光照下反着光，像眼泪。

刀螂腿纪事

一

我们的大院里有三棵枣树，是前清时候种的老树，在整个一条老街都非常出名。我特别喜欢这三棵老枣树，秋天，望着枣树上的枣红了，月光下，像一颗颗小星星一样，眨着眼睛。风吹得树枝轻轻地摇动，枝叶扑闪之间，能看见夜空跟着一闪一闪，瓦蓝瓦蓝的，像萤火虫似的好像能飞呢。

别的院子里也有枣树，都没有这三棵枣树的年龄老。关键是这三棵枣树每年结出的马牙枣特别多，还特别脆、特别甜。只要吃过这三棵树上的枣，别的院子里的枣，包括街上摊子卖的枣，都不用吃了。

大院里的枣，成了大院的骄傲。每年打枣的日子，都得听大院德高望重的老人来选定良辰吉日，一般都在中秋节前后的一个星期天，大人们都休息在家。虽说大人们都在家，但打枣都是孩子们在树下树上折腾，大人们图的是看个热闹。看着大一点儿的男孩子，窜天猴一样，挥动着竹竿，在树枝上蹦来蹦去；女孩子和小一点儿的男孩子，在地上大呼小叫争先恐后地捡枣，不顾砰砰梆梆的枣砸在头上，大人笑个满怀。最后，孩子们把地上的枣拢成一堆，用洗脸盆盛枣，分给每一家的有足足一脸盆那么多。看着孩子们鱼贯一样往各家送枣，其乐融融、欢欢喜喜的，像过节一样，大人们最开心不过。

打枣的那天，全院的孩子出动，齐刷刷地来到了枣树下面。这是一年最让孩子们兴奋的事情了。那时，我胆子很小，从来不敢爬树，弟弟虽然比我小三岁，胆子却大得很，眼巴巴地看着他跟着几个大一点儿的男孩子，猴子似的噌噌地上了树，心里很羡慕。

那时候，院子里有一个叫游小玉的女孩子，胆子也很大，她是全院里唯一敢爬上树打枣的女孩子。她和我年龄一般大，和我是小学同班同学。她常常拿爬树这事嘲笑我。每次嘲笑，我都羞愧得无话可说。爬到树上打枣，和站在树下捡枣，完全是两种不同的感觉。就像是一个是在水里游泳，一个在水上划船看人家游泳，能有一样的感觉吗？一个是鱼，一个是船呢。

小玉的胆子确实大，身手也灵活，爬在树上得意扬扬的劲头，一点儿不像个女孩子，倒像个男孩子。别的男孩子往树尖上爬，她也跟着往树尖上爬，越往上面爬，树枝越细，被风一吹，摇晃得越厉害。一般这时候，都是大一点儿的男孩子大显身手，那些胆小的女孩子，站在树下面，像踩了鸡脖子一样尖叫起来。就像戏台上的角儿，一套惊险的动作之后精彩地亮相，是那几个男孩子最得意的时候。

不管她妈在树底下怎么叫她、骂她，她跟没听见一样，脑袋后面甩着小辫子，还紧紧跟在那几个男孩子的身后，往上面爬。仰着脖子，看她那样子，我还真的有点儿佩服，别说，她一点儿不怵头，身子还挺灵巧，眼睛盯着树尖。树尖上是蓝蓝的天，好像一伸手就能摸到，抓一片两片白云彩，揣进兜里。树叶之间，闪烁着一点点的红，就是红枣。风吹过来，又吹过去，树叶来回地摆动，那一点点的红跟着在飘动，像眨着眼睛，故意和她逗闷子。

我禁不住冲着她高声叫了起来："小心！"

"这上面的红枣最甜了。"小玉低下头，故意冲我大喊，那是有意在嘲笑我。

她向身边的一个男孩子要过竹竿，她要打那树尖上的那颗红枣。不过，那颗红枣故意和她捉迷藏，长长的竹竿，拿在手里，由于树枝被风吹动来回摆动，竹竿变得轻飘飘的，使不上劲儿，明明觉得可以打上了，那颗枣偏偏像只小鸟，又歪着脑袋，飞到一旁去了。

那个男孩子对她说："把竹竿给我，我帮你打！"

"不用！"

她一手抓住树干，一手挥动竹竿，探出身子，非要把那颗枣打下来不可。

我和好多孩子冲着她高喊着："小心！"

她终于打着了那颗红枣，砰的一声，枣像一只被击中的小鸟，应声落地。树下的孩子都欢叫起来，蜂拥过去，抢那颗枣。

打了一下午，三棵树上的枣基本打完了。树尖上，还有好多颗枣，不是打不着，老人说，不能都打光了，要留一些，给那些鸟儿吃。

打完枣的孩子，还有一个最后的表演。便是爬到最靠近房顶的树干上，然后使劲一悠，像荡秋千一样，一下子悠到房顶上面，一松手，顺势跳到房顶上。尽管家长都骂他们，一再嘱咐他们，不要做这样危险的动作，但是，玩疯的这些大孩子都当作耳旁风，他们不觉得是危险的动作，而当作是像演出杂技一样勇敢的表演。一年只有一次的表演机会，怎么舍得放过呢？

要命的是，小玉跟着几个胆大妄为的男孩子，也要从枣树上悠到房顶，哗哗的一阵响，枣树叶跟着一起落下好多；再哗哗的一阵响，树底下的小不点儿孩子跟着拍起巴掌叫起好来。这让在树底下一直抬头看的我，吓得心差点儿没跳出嗓子眼儿。

打枣，让我真的很难忘。更难忘的，是小玉。我第一次见到这么胆大的女孩子。我再也没有见过胆子这么大的女孩子。

二

小玉是游家的独女。在我们大院里，游家是个奇怪的人家。原来紧靠着大院大门的门房是不住人的，那只是一个过道，以前是存放车马的地方。他家来了，才借着一面山墙隔成了一间房子。游家是老住户了，刚搬进来时，小玉还没满周岁，那时，大院的主人已经破落，缺钱，要不怎么也不会没多少租金就把门房当成了住人的人家。游家朝北开了一扇门，朝南开了一扇窗，屋子里挺暗的，但因为原来门道长，虽说是一间，开间不算小。拉个帘子，里面住人，外面的门正好每天早晨卖油条。

游家的油条在我们那一条街上是有名的，炸得松、软、脆、香、透，这五字诀，全是靠着游家大叔的看家本事。和面加白矾，是衡量本事的第一关；油锅的温度是第二关；油条炸的火候是最后一道关。看似简单的油条，出自游家大叔和出自游家大嫂的手都不一样，大叔有一次病了起不了床，大嫂替他炸了一早晨的油条，味儿就是不一样。他第二天对来买油条的老街坊一个劲地道歉，那一天，是买一赔一。游家的手艺和信誉，让半条街的老街坊每天早晨都愿意到他这里买油条。游家只卖油条，不卖豆浆，因为生意好，照样赚钱。

如果不是后来小玉长大了，知道美，要穿要戴了，光炸油条不足以维持生计，游家也不会在朝南的窗台上安一部公用电话，再多挣点钱给小玉花。那也是我们那条街上的第一部公用电话，附近的人都上他这里打电话。

游大叔长得矮小如武大郎，而且驼背，因为姓游，人称罗锅油条；游大嫂胖如水桶，人称油条胖嫂。这绰号只是玩笑，并不带贬义，叫的人、听的人也都没有，就叫开了。这样的一对生出的小玉，却是貌似天仙，越长越是亭亭玉立，让谁也不相信，都认为肯定不是亲生的，和我们院里的大华一样，没准儿也是私生子，是他们抱来的。不过，这都是大家的猜测，不像大华，是铁板上定钉的事。小玉的身世，在大家的猜测中，成了一个谜。

因为小玉小时候就出落一双长腿，院子的大人给她起了个外号：刀螂腿小玉。刀螂，如今难找了，那时，夏天在我们院子里常能够见到，绿绿的，特别好看，那腿确实长，长得动人无比，不动的时候，像一块绿玉雕刻成的工艺品。

小玉那时候也没有体会出自己这一副长腿的价值，她一直好好学习，想考上女一中。在学校里没少有男生追她，她都一概不理，她的心里只有一门心思，就是放学之后到东单体育场练跑步，小学没毕业，她已经是三级运动员了，如果能够练到二级，她就能够在高中时保送到女一中，那也是北京十大市重点中学之一。如果能够练到一级，她就能进北京市的专业运动队，不仅再不用自己花钱买回力牌的球鞋，还可以吃住在先农坛，彻底离开家，她早闻腻了每天炸油条的味道。

她那时想得就是这样简单，根本没有想到小学六年级这一年她会遇到大华。

有一天放学，大华在学校门口等我，我见他怪怪的样子，好像有什么心事。他说："我带你到东单体育场！"他拉着我就走。那里离着学校不远，出东口往北走一里地就是。那时的东单体育场很空旷，业余体校和一般人都在那儿玩。我们坐在大杨树下看一帮男女绕着圈在跑步。他指着他们冲我喊："你看！你看！"我不知道他让我看什么，但我很快在跑步的人中看到了刀螂腿小玉。这有什么奇怪的呢？到这儿就是为了看她的吗？要看在大院里天天可以看得见。

大华对我说："你说奇怪不奇怪，我怎么就一直没注意到她呢？"

他连连对我说这家伙了不得，跑得真快！敬佩之情发自肺腑。

自从那天在东单体育场看完她的训练后，大华天天早晨买她家的油条不说，而且天天晚上跑来打公共电话。那时，打一次电话是三分钱，买一根油条也是三分钱，那时三分钱是一根冰棍、一张中山公园的门票、一个田字格本、一支中华牌铅笔的钱，对于我这样一个月家里只给两毛钱零花钱的人来说，每天要消耗六分钱，用不了四天就花光了。大华总能够从家里磨到钱，钱对于大华不成问题，对比大院里的穷孩子，他家是富裕的。但每天都打电话，给谁打？一个初二的学生，有什么电话非要每天打？

有时，他只是拨个 121 问个天气，117 问个时间，有时拨半天拨不通，自己对着话筒瞎说一气，自说自话的样子，非常可笑。我知道，他是醉翁之意不在酒，不过是借机会看看小玉。但小玉连个招呼和正脸都不给他，只埋头写作业，或是看到他又在窗口出现了，而且又是对着话筒，像啃猪蹄子似的，一个劲儿地没完没了，她心烦地把书本往桌子上一摔，扭头就出了门。

好心的游大叔问他怎么总打电话，他含混地支吾着，被游大叔问得没辙了，只好说我给我妈打的，要不就说等个电话，总也不来，打电话催催她。一听是给他妈打电话，好心的游大叔还能够再说什么呢？就说等有电话来我叫你，省得你总跑。

他照样乐此不疲，几乎天天狗皮膏药一样贴在人家的电话机上，几乎天天把小玉气得摔门走出屋子，空留下电话的一片杂乱的忙音。

有一天晚上，满院子传来叫喊声："滕大华，电话！"由于那时已经很晚了，院子里很静，大院里便响起了很响亮的回声。

大华一时没有反应过来，每天都是他自己在瞎打电话，并没有真正给什么人打通过。谁能够给他打电话呢？会真的是他妈妈？

"滕大华，电话！"

满院子还在回响着喊叫声。

他一跑三颠地冲出屋，跑到游家。哪里有他的电话，那电话像是睡着的一只老猫，正蜷缩在游家的窗台上。

他问正在屋子里做功课的小玉："是有我的电话吗？"

小玉给他一个后背，理也不理他。

他问游大叔："是有我的电话吗？"

游大叔驼着背向他走过来说："没有呀！有，我会叫你的。"

他根本没有分辨清，那是我的叫喊，故意逗他呢。他那点儿花花肠子，早让我看出来了。

三

在我们大院里，小玉也应该算是我的朋友。

我和小玉的关系一直不错，从小学三年级到六年级，我们两人都是同桌，那时，我的学习成绩一直很好，特别是四年级有了作文课，我的作文常常被老师拿来当作范文，在全班同学面前宣讲，可能是这一点儿吧，我看得出来，她挺佩服我的。

但是，那时候，我特别贪玩，爱打乒乓球、爱打篮球、爱踢足球。五年级那个冬天，我在学校里踢球踢破了教室的玻璃，老师找家长，吓得我没敢回家，大半夜了还在大街上转悠，饿得够呛。做梦也没有想到，小玉突然出现在我的面前。小玉拉着我先到前门的夜宵店吃了一大碗馄饨、几个火烧，可能看我狼吞虎咽的劲儿，让她忍不住直笑，笑得我有点儿不好意思。

小玉发现了，说你快吃吧，我不看你了！便自己对着玻璃窗吹着哈气，用细长细长的小手，在哈气上画着小猫小狗的图案。画得可滑稽了，她吹着哈气的样子也滑稽得很，鼓着小嘴像小鱼，逗得我一时忘了自己惹的祸，忍不住望着玻璃窗笑，小玉便也笑，我们两个人咯咯都笑起来，此起彼伏的，惹得四周的人都不住地看我们，看玻璃窗上的哈气。

然后，小玉陪我回家，要不那一晚上爸爸的鞋底子肯定挨上我了。可是，小玉却为此挨了她父亲游叔的一顿骂。

那晚上的事，一直到现在我都记忆犹新。小学时的友情，纯真得像婴儿的眼泪一样透明。

上中学之后，我和小玉不怎么常见面。小学时短暂的友谊，像烟花只有瞬间的光亮明眼。

我考入了一所男校，她考入了一所女校。特别是她参加业余体校之后，放了学就去体校训练，寒暑假还要集训，我们见面的机会就更少了。在我的印象中，上小学的时候，小玉的个子虽然比一般的女生高，但真正蹿起个头儿来，是上了中学之后，仿佛中学的大门对女生有着无比神奇的魔力，让她一夜恨不得高千尺地蹿个儿，上初二的时候，她已经高过我小半头了。

大概是初三有一天放学，鬼使神差，我乘坐 23 路汽车回家，因为一般我是坐 8 路回家的，23 路在我们学校的后面，走的路长点儿。大概是想找我的发小儿黄德智有事，坐 23 路到他家近便，反正我去坐 23 路。23 路路过的一站，离小玉的学校不远，她们学校的学生上学放学，在这站下车上车。车停在这一站的时候，她们学校在这里候车的学生黑压压的有很多，车门打开，这帮疯丫头蜂拥上车，劲头儿一点不比男生差。

从后车窗我看见一个人影闪出校门，拼命朝着车站跑了过来，显然是想追上这辆车。可是，车停靠的时间，就是人上人下一会儿的工夫，时间很短，是不会等人的，况且，人离车有几十米的距离，那么远，司机从反光镜里根本看不见。我以为这个人肯定追不上车了。谁想到，一眨眼的工夫，人跑得像一阵风似的，人影越跑越大，越跑越近，就在车门要关上的那一刹那，人已经扶着车门，一个箭步跨进车厢。我这才看清，原来是小玉，第一次见识了她跑步的速度。

那天，我们两人难得地一起同路回家。黄德智家，我也不去了。路上，我和她东一句西一句地闲聊，忽然说起五年级那个冬天我踢球把教室的玻璃踢碎的事情，她睁大一双眼睛问我：“有这样的事情吗？你学习那么好，又那么老实，挺听话的一个好学生，能干出这样的事来吗？”

我又说起那天晚上，她带我到夜宵店，她在夜宵店的窗户玻璃上吹哈气的事情，她摇摇头，更是不记得了。

第二辑

一天明月照犹今

谁能保留六十六年前的贺年片

在新浪博客上偶然看到一篇文章，是汇文中学一位叫李守圣的学长回忆王瑗东老师。因为王老师也是我所敬重的中学老师，所以格外关注这篇文章。李守圣 1954 年考入汇文读初一，那一年，王老师二十四岁，刚刚当老师不久，青春芳华，热情满满。

文章中，写到这样一件事，给我印象很深，让我格外感喟。这一年开学不久，王老师骑着她那辆“二八”男式自行车，穿街走巷，到全班五十七个同学家中进行了家访。这一年除夕前，王老师用她的工资买了五十七张贺年片，邮寄到每一个同学的家中。

六十六年过去了。李守圣学长还保留着王老师寄给他的这张贺年片。上面写着“送给守圣同学”，还印着王老师的一枚红红的印章。显得那么正式，像大人送给大人的一件礼物。想如今我们不少老师都是大把大把地接受学生送来的贺年片，以及比之更为贵重的礼物，不觉哑然，不知今夕何夕。

贺年片上面印着的是一幅年画：天下着霏霏细雨，一个男同学背着一个病着或是伤着的男同学，走在泥泞的乡间山路上。背上的男同学手里打着伞，前面坡下的一个女同学，怕他们滑倒，伸着手在接应。这张年画，我小时候曾经见过，贴在很多人家中的墙上，是那个年代常见的风格：温暖的友情，写实的画风，铺满纸面氤氲温馨的调子，如舒缓的丝竹弦乐。

是的，我猜得出，王老师是想传递这样温暖的友情，音乐般荡漾在李守圣的心头。因为那时候十二岁的李守圣，全家五口人挤在一间只有九平方米的小屋里艰辛度日。王老师特意选了这张贺年片，是想告诉他，有来自同学和老师温暖的友情，会帮助他渡过生活拮据的难关。

让我感动的是，十二岁的李守圣敏感地感知到王老师的这一份无言的感情。这张贺年片，便有了生命和情感的回响，经过王老师的手，而带有了温热，像一朵花，从而在李守圣的手里盛开。而且，奇迹般，这朵花竟然一直开放了六十六年而没有凋零。

在博客上，看到李守圣晒出的这张贺年片的照片，真的感觉像是一朵颜色古朴敦厚的花，不惹尘埃，不为争春，只为李守圣一个人默默地开放。

让我感动的，还在于李守圣竟然把这张普通的贺年片保存了整整六十六年。凡是和李守圣一样曾经经历过这六十六年岁月的一代人，都能够体会得到，这六十六年的风风雨雨、坎坎坷坷、辗转跌宕、荣枯浮沉，能将一件东西保存下来，是多么不容易。也可以想象，六十六年动荡之中，光是迁徙搬家该有多少回，无意或有意丢掉的东西，肯定会比保留下来的要多得多。况且，它只是一纸薄薄的贺年片，不是一件祖传的古瓷或一幅古画。

但是，对于价格与价值的认知，却是因人而异的。在李守圣的心里，价格肯定并不等同于价值。在尘埃弥漫之处，在游思四起之处，在乱花迷眼之处，能够看到一线微茫之光神性般的闪烁，如此，他才会把这张看似普通的贺年片珍存六十六年。可以想象，十二岁的少年，王老师的这一点关怀，让他幼小的心温暖、舒展并坚强起来，让他知道艰难困苦，玉汝以成。在一个孩子的成长路上，往往一件看似不起眼的小事，却如同划出的一道银河，帮助孩子来到一个新的天地。事实上，李守圣没有辜负王老师，中学毕业考取了哈尔滨军工大学。

这张贺年片，也让我感慨。六十六年前，王老师曾经给李守圣全班五十七名同学每一个人都寄去了一张贺年片。我不知道，如今，除了李守圣保存着这张贺年片，还有多少人保存着他们手中曾有过的贺年片？我不敢说李守圣的那一张贺年片是硕果仅存，但我敢说，起码大多数人的手中已经拿不出当年的贺年片来了。

这样的揣测，不是要责备什么人。因为我同时在想，如果我是他们班五十七名同学之一，我会保存着那张贺年片吗？真的非常羞愧，因为我不敢保证，而且，我想，大半我早已经把它丢掉了。尽管我可以为自己找出种种理由，我们不可能事无巨细地把所有的东西都保留下来。但事实是我把它丢掉了，丢掉在遗忘的风中。

保存一张贺年片，看起来，是多么容易，多么简单，它又不是什么大件的东西，需要占地方，需要你费劲儿地搬动。它只是薄薄的一张纸，夹在一本书中就可以了。很多事情，只道当时是寻常，但真的要你有心去做到，就不那么寻常了。即使让你重新活一次，恐怕你依然如故，还是会把一张贺年片随手抛掷。因为那毕竟不是一张大额存单，可以有心理预期，到六十六年之后兑现。

李守圣却做到了。他把一张普通的贺年片保存到六十六年之后，兑现的是他和王老师彼此的真情，让他们相互感动、感知和感叹，让他们彼此相信，真挚而纯粹的感情，并没有完全风化成一块千疮百孔的搓脚石，还可以是一池没有被污染的清泉水。

好老师，也得有好学生。就像好乐手，也得有好知音。李守圣和王老师，是高山流水的知音。放翁曾有这样一联诗：古琴蛇蚹评无价，宝剑鱼肠托有灵。宝剑鱼肠，说他们也许不合适；但是，古琴蛇蚹，说他们这一段轶事正合适。李守圣和王老师这一对师生友情，就是那古琴蛇蚹，无字而有韵，保存着李守圣少年和王老师青春的美好，让他们可以一弦一柱思华年。能够为这一份友情出示证言的，便是这张贺年片。这张保存了六十六年的贺年片，便有了灵性，有了情意，有了生命；也让逝去的这六十六年光阴，有了值得回忆和回味的绵长滋味。不是我们每一个人都有这样一件普通却又无价的东西，能够保留六十六年之久的。

今年，正是王老师九十岁大寿。祝王老师健康长寿！

青春期的争论

张学铭老师，是我读高一时的班主任，兼教化学课。他的身体不好，从北京大学化学系肄业。以张老师的学识，教我们还在背元素周期律的高一学生的化学，是小菜一碟。除了上课，他不爱讲话，也不爱笑，脸总是绷得紧紧的。作为班主任，他管得不多，基本都放手让班干部干，无为而治。除了上课，很少见到他的身影。

在高一这一学年里，我和张老师直接接触只有两次。

一次，是上化学实验课。张老师先在教室里讲完实验具体操作的步骤和要求，就让我们到实验室做实验，他没有跟着我们一起去。实验室里，有负责实验的老师。这是张老师的风格，什么都让我们自己动手。他说，饭得靠自己吃，路得靠自己走。

那一次实验，我忘记是做什么了，每一个同学一张实验桌，上面摆着各种化学的粉末和液体，还有各种试管和瓶瓶罐罐。最醒目的，是一个大大的烧瓶，圆圆的，鼓着大肚子。实验过程中，“砰”的一声巨响，我面前的这个烧瓶突然炸裂了。全班同学都被惊住了，目光像聚光灯一样都落在我的身上。

实验老师走了过来，望着有些惊慌失措的我，先问我没伤着吧，然后对我说：“你去找张老师，跟他讲一下。”

我到化学教研室找到张老师，告诉他这件事，垂着头，等着挨批评。但是，他什么话也没说，转身走到化学用品柜前，拿出一个新烧瓶，交到我的手里，让我回去重新做实验。没有一句批评，就这么完了吗？我小心翼翼地捧着烧瓶，生怕掉到地上，站在那里。他只是挥挥手，让我赶紧回去做实验。

我嗫嚅道：“张老师，我把烧瓶……”

他打断我的话：“做实验，这是常会发生的。哪有什么实验都那么顺顺利利就成功的？”

第二次，是一次班会。那时，我是班上的宣传委员，我提议，组织一次班会，专门讨论一下理想，我想了一个讨论题目：是当一名普通的工人，对社会的贡献大，还是做一名科学家贡献大？那一阵子，我们班正组织活动：跟随崇文区环卫队一起到各个大杂院里的厕所淘粪。带领我们的淘粪工，是赫赫有名的时传祥师傅，他是全国劳动模范，因受到过国家主席刘少奇的接见而无人不晓。张老师听完我的提议说：“很好，你就组织这个班会吧。到时候，我也参加。”

班会在周末下午放学之后进行，开得相当热闹。大家刚刚跟随时传祥老师淘过粪，很佩服时传祥老师。但是，高中毕业考大学，难道上完大学，不是为了做一名科学家，而是还去当淘粪工吗？显然，当一名科学家对社会的贡献更大些。支持者，说得头头是道。反对者不甘示弱：一室不扫，何以扫天下？没有淘粪工，生活就变得臭烘烘的了。只有社会分工不同，行行出状元，他们对社会的贡献，和科学家一样的大。

大家正处于青春期，激情亢奋，针尖对麦芒，谁也不服谁，争论得非常激烈，一直到天黑，还在争论，尽管没有争论出子丑寅卯来，却是兴味未减。整座教学楼，只有我们教室里的灯还亮着。说实在话，这个争论话题，有些像只带刺的刺猬。在当时的时代背景下，国家的领导阶级是工人，而不是知识分子。讨论这样的话题是犯忌的，却是所有同学心理和成长过程中绕不过去的一道坎儿。

张老师坐在那里，一言不发，静静地听我们热火朝天地争论。最后，我请张老师做总结发言，他站起来，只是简短说了几句："今天同学们的讨论非常好，你们还年轻，还没有真正的走向社会，但你们应该有属于自己的理想，为实现这个理想，实实在在地努力学习！"他声调不高，语速很慢，我们都还在听他接着讲呢，他却戛然而止。

走在夜色笼罩的校园里，望着远去的张老师瘦削的背影，我真想问问他："张老师，您自己没当成一名科学家，而是到我们学校当了一名化学老师，您说您要是当了科学家对社会贡献大呢，还是当中学老师贡献大呢？"我不知道他会怎样回答。

不管怎么说，高一那一年，张老师以他开明民主的教育方式，给了我们全班同学一次关于理想、关于价值观的畅所欲言的机会。尽管一切都还没有答案，一切的答案，不都是在我们这样年轻时候的摸索中、争论中，才能逐渐寻找到的吗？

一天明月照犹今

田增科老师今年八十七岁，教我的时候，我十五岁，他刚刚大学毕业不久，仅仅比我大十多岁。如果不是他帮助我修改了我的一篇作文《一幅画像》，并亲自推荐参加了北京市少年儿童征文比赛，我便不会获奖，更不会有幸由此结识叶圣陶前辈。

那篇作文是我第一篇变成铅字的文章。如果没有这样的一篇文章，我会那样迷恋上文学吗？我日后的道路会不会发生变化？我有时这样想，便十分感谢田老师。我永远难忘他将我的那篇作文塞进信封，投递进学校门前的绿色信筒里的情景；我也永远难忘当我的这篇文章被印进书中，他将那喷发着油墨清香的书递到我手中时比我还要激动的情景。那是春天一个细雨飘洒的黄昏。

我读高中以后，田老师不再教我。有一天放学之后，他邀请我到他家。那时，他刚刚结婚不久，学校分配给他一间新房，离学校不远。到了他家，他从书柜里翻出了一个大本子，递给了我，让我看。本子很旧，纸页发黄，我打开一看，里面贴的全是从报刊上剪下来的文章。再仔细看，每篇文章的署名都是田老师。原来田老师曾经在报刊上发表过那么多的文章。

田老师指着本子上的一篇文章，对我说："这是我发表的第一篇文章，和你一样，也是读中学的时候写的。"

我坐在他家，仔细看了田老师的这篇文章，写的是晚上放学回家，他在公交车上遇见的一件小事，写得委婉感人，朴素的叙述中，颠簸的车厢，迷离的灯光，窗外流萤般闪过的街景……荡漾着一丝丝诗意。心里暗暗地和我写的那篇《一幅画像》做了个比较，觉得比我写得要好，更像是一篇小说。有这样好的基础和开端，后来怎么再没有见到田老师发表的作品呢？

田老师好像明白了我的心思，对我说："可惜，后来上了大学，读的理论方面的书多，我没有把这样的文学创作坚持下来。"然后，他望望我，又说，"希望你坚持下来！"

我明白了田老师叫我到他家来的目的了。我知道他的心意，他对我的期望。

那天，田老师对我讲了很多话，不像对他的一个学生，像是对他的一个知心的朋友。印象最深的是，他特别对我讲起了他中学的往事，讲起了他读高中时候教他语文课的蒋老师。蒋老师曾经是清华大学英语系的学生，语文课讲得特别好，经常给他们讲一些课外的文章，还借给他一些课外书。高中毕业，那时田老师在河南洛阳，洛阳没有高考的考场，考场设在开封。全班五十二个学生，是蒋老师带着这五十二个学生，坐了二百公里的火车，赶到开封，参加高考。为了防止学生意外生病，他还特意背着个药箱，细心周到地带着止泻药、防暑药。

田老师说他很感谢蒋老师，没有蒋老师，他不会从洛阳考到北京上大学。

我心里感觉田老师就是像蒋老师一样的好老师；好老师，就是这样代代传承的。人的一辈子，在小学和中学阶段，能够遇到一个或几个好老师，真的是他的幸运、他的福分，因为可以影响他的一生。

我和田老师这段师生之间的友情，从 1962 年一直延续至今，已经五十九年之久。即便以后，我长大了，到北大荒插队，在那些个路远天长、心折魂断的日子里，田老师常有信来，一直劝我无论在什么样艰苦的条件下千万不要放下笔放下书。在那文化凋零的季节，他千方百计从内部为我买了一套《水浒传》和一套《三国演义》，在我从北大荒回家探亲，假期结束要回北大荒的前夕，他骑着自行车，赶到我的家里把书送来。那时，我住在前门外一条老街上一座老院破旧的小屋里。那一晚，偏巧我去和同学话别没有在家，徒留下桌上的一杯已经放凉的茶和漫天的繁星闪烁。

我写下这样一首小诗，怀念寒冬的那个夜晚——

清茶半盏饮光阴，往事偏从旧梦寻。
楼后百花春日影，雨前寸草故人心。
老街几度野云合，小院也曾荒雪深。
记得那年送书夜，一天明月照犹今。

花荫凉

在我们汇文中学里，有好几位漂亮的女老师。高挥老师是其中一位。那时她三十岁上下，会拉一手小提琴，还在学校的舞台上演出过话剧。好长一段时间里，我偷偷地喜欢多才多艺的她，觉得她长得特别像我的姐姐，连说话的声音都像。只是她没有教过我。

她原来是志愿军文工团的团员，从朝鲜战场上回来，她没有同意嫁给首长，复了员，颠沛流离之后考学。大学毕业不久，到了我们学校，开始教地理，后来负责图书馆的工作。

1963 年的秋天，我读高一，因为初三时候写的一篇作文在北京市获奖，校长对她说可以破例准许我进入图书馆自己选书。那一天的午饭时间，我刚要进食堂，看见高老师站在食堂旁的树下向我招手，我走过去，她对我说起了这件事，说你什么时候去图书馆都行。我的心里涌出一种说不出的感动，但实在口拙，一时又说不出什么。她摆摆手对我说："快吃饭去吧。"我走后忍不住回头，才发现高老师站在一片花荫凉儿里，阳光从树叶间筛下，跳跃在高老师的身上，像闪动着好多颜色的花一样，是那么漂亮。

图书馆在学校五楼，由于学校有百年历史，藏书很多，有不少解放以前的书籍，由于没有整理，都尘埋网封在最里面的一间大屋子里。大概看出我频频瞟向那间上锁黑屋的心思，高老师帮我打开屋门的锁，让我进去随便挑。那是我有生以来第一次见到那么多的书，山一般堆至屋顶，散发着霉味和潮气，让人觉得远离尘世，与世隔绝，像是进入了深山宝窟。我沉浸在那书山里，常常忘记了时间，直到高老师在我的身后微笑着打开电灯，我才知道到该下班的时候了。

久别重逢，逝去的日子，一下子迅速地回流到眼前。我对高老师说："您对我有恩，没有您，我看不到那么多的书，也许我不会走上写作的道路。"高老师摆摆手说不能这么讲，然后对在座的其他几位老师说："我去过肖复兴家一次，看见地上垫两块砖，上面搭一块木板，他的书都放在那里，心里非常感动，回家就对我女儿说。后来，肖复兴到我家里看见有一个书架，其实是最简单不过的一个矮矮的书架，他对我说：'以后有钱我一定买一个您这样的书架。'这给我印象很深。"

我忽然想起了这样一件事，为了我破例可以进图书馆挑书，高老师曾经和一个同学吵过一架，那个同学也非要进图书馆自己挑书，她不让，同学气哼哼指着我说为什么他就可以进去。为此，"文化大革命"时她被贴了大字报，说是培养修正主义的苗子。我私下猜想，为什么高老师默默忍受了，大概她去我家的那一次，是一个感性而重要的原因。秉承着孔老夫子有教无类的理念，她一直同情我，帮助我。如今，这样的老师太少了；如今，不少老师是向学生索取，偏偏要通过学生寻找那些有钱有权的家长，明目张胆地增添自己的收入或关系网的份额。

我对高老师说："我从北大荒插队回来，第一个月领取了工资，先在前门大街的家具店买了一个您家那样的书架，22元钱，那时我的工资才42元半。"高老师对其他老师夸奖我说："爱书的孩子，到什么时候都爱书。"

我又对高老师说："'文化大革命'中虽然挨了批判，但图书馆的钥匙还在您的手里，有一次在校园的甬道上，您扬扬手里的钥匙，问我想看什么书，可以偷偷进图书馆帮我找。好长一段时间，我都是把想看的书目写在纸上交给您，您帮我把书找到，包在一张报纸里，放在学校传达室的王大爷那里，我取后看完再包上报纸放回传达室。这样像地下工作者传递情报一样借书的日子，一直持续到我去北大荒。那是我看书看得最多的日子。《罗亭》《偷东西的喜鹊》《三家评注李长吉歌诗》……好几本书，都没有还您，让我带到北大荒去了。"高老师说："没还就对了，还了也都烧了。"在场的几位老师都沉默下来，那时，我们学校的书，成车成车拉到东单体育场焚毁，那里的大火曾经燃烧着我学生时代最残酷的记忆。

一个人的一生，萍水相逢中能够碰到这样的人，即使不多，也足够点石成金。分手时，我送高老师上了汽车，一直看着汽车跑远，才忽然想到，忘记告诉高老师了，那个从北大荒回来买的和您家一样的书架，一直没舍得丢掉，还跟着我。很多的记忆，都还紧紧地跟着我，就像影子一样，像校园里树叶洒下的花荫凉儿一样。

我庆幸中学读书时遇见了高老师。虽然多年未见，但心里一直把她当作自己的一位大姐。她比我姐姐大一岁，今年八十七岁了。真的，我非常想念她，想起她，总有一种想流泪的感觉。

先生教我抛物线

从母校寄来的新的一期《汇文校友》刊物上，得知韩永祥老师刚刚过完他的百岁生日。看刊物上登载的为他祝寿的照片，一百岁的老人，依然那样精神矍铄，鹤发童颜，和身着的红色唐装相映生辉。哪里看得出竟然有一百年的光阴，已经从他的身上淌过，额头上居然没有时光留下的皱纹，岁月的年轮如同刻印在树木的木纹之中一样，只留在他的心里和我的回忆中。

记忆中的韩老师，并没有这样老。那时，我在汇文中学上高一，韩老师教我立体几何。他高高瘦瘦的个子，抱着一支大大的三角板，第一次出现在我们教室门口的时候，给我的感觉很奇怪，有些像相声演员马三立先生，也有些像独自一人大战风车的堂吉诃德。大概因为他实在太瘦，那三角板显得格外硕大而与他不成比例，另外，他微微地笑着，那笑带有几分幽默的缘故，让人总想跟着一起发笑。

课间操的时间里，常看见他和数学组的年轻老师们一起打排球。就在我们教室窗外的空地上，没有球网，只是老师们围成一圈，互相托球。不让球落地，也要技术和技巧。我们学生下操后常常去看热闹，为老师们叫好。那时，韩老师身手不凡，格外灵敏，加上胳膊长腿长，能够海底捞月一般弯腰救起许多险球。他给我的印象，还是那年轻时的样子，心想所以现在他活到百岁也不显老吧。年龄，在不同人的身上有不同的显像，那是内心的一种镜像。

幽默感，是上天赐予极少数人才有的品质。它来自人对于外部世界的一种宠辱不惊的态度和洞若观火的认知。韩老师这种幽默感，在“文化大革命”中得到了最好的验证。幽默感，是情不自禁的，真是压也压不住，就像春天的小草，再冷的天，再坚硬的土，到时候了也要拱出地面。

那时，我们学校的各个地方，都被聪明的学生在大门两旁贴上了自以为是写出的对联。最出名的是给卫生室贴的对联：凉白开水医疗百病，发面起子根治胃酸。说的是卫生室穷对付。还有给男厕所贴的对联：桃花潭水深千尺，不及我校小便池。说的是厕所的卫生没人清理。那时候，卫生室的孙大夫和韩老师同在牛棚关押，路过卫生室，相视一笑。据说，孙大夫是苦笑，学校不给钱，他上哪里弄那么多药。韩老师是笑说这对联对得还挺好！那时候，学校的厕所是分开的，老师和学生各用各的，“文化大革命”一来，规矩打破了，大家也去老师用的厕所，有时会和韩老师打照面，韩老师会说这对联写得幽默，但不对仗！为此，还挨了一通批判，说是对小将的革命行动不满。

韩老师最初给我的幽默的感觉，是在他上课的时候。他讲课不紧不慢，不温不火，言语干净利索，讲得清晰明白，时不时地带有几分幽默。记忆最深的一次，是讲双抛物线，讲到其特点在坐标轴上下的弧线是无限延长永不相交的时候，韩老师指着黑板上他画出的双抛物线，忽然说了一句：“这叫作——上穷碧落下黄泉，两处茫茫皆不见。”全班同学一下子都会意地笑了，他自己也有些得意地笑了。因为那时我们刚刚学完白居易的《长恨歌》，“上穷碧落下黄泉，两处茫茫皆不见”，正是其中的一句诗。这句诗本来是形容唐玄宗对杨贵妃上天入地的渴望，用在抛物线上，歪打正着，那么恰如其分，又生动富于想象力。学问积淀，方能触类旁通，横竖相连，让我们的学习有了趣味而记忆牢靠。

我的立体几何学得一直不错，在韩老师教授我的一年时间里，大小考试都是满分，只有一次马失前蹄。我记得很清楚，是期末考试前的一次阶段测验，韩老师出了四道题，每题 25 分，马马虎虎，我错了一道，得了 75 分。有意思的是，全班只有我一人错了一题，其他同学都是满分，我的脸有些臊不嗒嗒的。那天，发下试卷，韩老师没有找我，而是让我们的班主任找到我，并没有批评我，只是转告我说韩老师觉得很奇怪，说肯定是大意了，期末考试时把损失找补回来！我听后心里很感动。好的老师总是懂得教育学生的机会和方法，使得枯燥的数学化为艺术，也使得平凡的生活化为永远的回忆。

一晃，弹指一挥间，韩老师已是百岁老人，不禁令我感慨，更令我怀念。当晚睡不着，诌出一首打油诗，寄赠韩老师，算我迟到的生日祝贺——

两处茫茫皆不见，上穷碧落下黄泉。
先生教我抛物线，一语记犹五十年。

没记住名字的美术老师

在汇文读书时教过我的老师，我都记住了他们的名字。唯独美术老师，连姓什么都没有记住。

她是代课老师，四十来岁，不苟言笑，总是很严肃的样子，比像刷了一脸糨糊板正的班主任老师还显得严厉。

那时，我刚上初一。中学有专门的美术教室，软硬件都很齐全，每人一把右边带拐弯的木椅子，是专门为美术教室定做的，方便一边听课一边画画，真的觉得中学就是和小学不一样，仿佛自己一下子长大了许多。每次上美术课，老师会给每人发一张图画纸，让大家在上面画。偶尔，老师教我们照石膏像写生；有时老师也会拿来她自己画的一张画，让我们照葫芦画瓢，但也只是偶尔。大多时候，是布置一个题目，让我们随意画，当场画完，交给老师，下次上课时，老师发下来，上面有老师的评分。她也不讲评，只是让我们画。

只有初一和初二两年有美术课，我已经忘记了是一周一节还是两周一节。美术课是副科，大家都不太重视，我还是很期待的，因为那时候我喜欢画画。我写过一篇作文《一幅画像》，里面写的就是我上数学课画画的事情。

我们班上有两个同学画画最好，他们都拜了画家吴镜汀为师，放学之后，常到吴镜汀家学画，然后第二天到学校来和我白话。受他们的影响，我也喜欢涂涂抹抹，虽然赶不上他们二位画得那样好，但总还是画得有点儿模样吧。当然，这只是我自己这样觉得，所谓敝帚自珍吧。

可气的是，美术课上每一次作业，这位老师给我判的分最高只是“良”，一次“优”也没有。那时候，我少年气盛，喜欢争强好胜，也因为每学年评定可否获得优良奖章，要求期末所有科目评分必须要在“良”以上，所以，我非常努力想画好，哪怕只是争取得到一个“优”也好。但是，每一次发下作业，看到自己的画上面，老师给我不是“中”就是“良”，很让我丧气，又很不服气，特别想找老师理论理论。但一想到她那张总是绷着糨糊的脸，就泄了气。

我各科的学习成绩都好，唯独美术课拉了后腿。但是，现实残酷，让我只能退而求其次，没有“优”就没有吧，命中注定，不是你的，就别再强求。希望“良”多一点儿而“中”少一点儿，就念佛了。到期末，这位老师总评分能够发慈悲给我个“良”，不耽误评优良奖章就行了。不过，说句心里话，每次发下作业，看到上面的评分，再看看老师那张冰冷的脸，都让我提心吊胆，心总是小把儿得紧攥着，生平头一次感到自己的小命是掌握在这美术老师的手心里。

没有想到，初一这一年成绩册发下来，我打开一看，美术课一栏，给我的总评分是“良”。一直提到嗓子眼儿的那颗悬着的心，终于安慰地放进肚子里了。想想这位美术老师，还是挺善解人意的，起码懂得我的心思。再想想她那一张绷满糨糊的脸，也不觉得那么冷若冰霜了。再开学上美术课，我应该谢谢她高抬贵手才是。

初二开学第一节美术课，站在美术教室门口的，是一位高个子的男老师，姓邓，叫邓元昌，是正式从美专学院调过来的美术老师。那位女老师不再代课了。从此，我再也没有见过她。

美术课，是中学最不起眼的副科，美术老师相应地也处于教师队伍的边缘位置，清闲，却也不受重视。美术老师真正受到重用，是在“文化大革命”早期，我们学校的教学楼前悬挂的巨幅毛主席画像，花坛中矗立起来的毛主席挥手的巨型水泥雕像，都是邓老师主要在忙乎，其他老师当帮手。看他一个人站在脚手架上，挥洒着油画笔，或拍打着水泥，总会让我想起初一教过我一年的那位不苟言笑的女美术老师，如果她还在我们学校，也会和邓老师一起忙乎，有了她的用武之地。可是，我连她的姓都忘记了。每次想到这儿，我都很惭愧。

可爱的中国

初一时，我们的班主任是司锡龄老师，他高中毕业留校不久，也就二十岁出头的样子。面色黧黑，身材瘦削，富于朝气和激情。第一堂课，他没有讲别的，先向我们介绍了方志敏烈士的事迹和他写的《可爱的中国》。然后，大段大段背诵了《可爱的中国》其中的段落，气势磅礴，如同高山上的滚滚落石，把我们砸晕。

整整六十年过去了，我的眼前总还浮现他背诵时的样子。他的背诵充满激情，他的眼睛在高度近视的镜片后闪闪发光，教室里一下子安静异常，只有窗外高大的白杨树叶摇得哗哗的响声，如同一片涨潮时翻滚的海浪，在为司老师、为方志敏烈士伴奏。

“到那时，中国的面貌将被我们改造一新。……到那时，到处都是活跃的创造，到处都是日新月异的进步；欢歌将代替了悲叹，笑脸将代替了哭脸，富裕将代替了贫穷，康健将代替了疾苦，智慧将代替了愚昧，友爱将代替了仇杀，明媚的花园将代替了暗淡的荒地！……这么光荣的一天，决不在辽远的将来，而在很近的将来，我们可以这样的相信，朋友！”

司老师背诵的《可爱的中国》中这几段话，我记忆犹新。那情景恍如昨日。一位英雄，一个老师，一篇文章，一次激情洋溢的朗诵，对一个少年的影响，竟然是一辈子的。那一年，我十三岁。

在此之前，我没有读过方志敏烈士的《可爱的中国》。司老师朗诵得好，方志敏烈士写得好，那一连串的排比，水银泻地一般，把对祖国的热爱和未来的向往，抒发得那样激情澎湃，像国庆节天空中绽放的璀璨礼花，燃烧得我们每一个同学的心里火热而明亮。

我渴望读到《可爱的中国》的全文。没过多久，我在旧书店里买到了《可爱的中国》，这是一本薄薄的小册子，1952 年人民文学出版社出版。这本方志敏烈士牺牲之前写下的著作，由鲁迅先生保存，一直到中华人民共和国成立之后才得以出版，更凸显其不凡的价值。世上有很多书，连篇累牍，厚厚的如同砖头，精装如似豪宅。但是，书从来不以薄厚精粗论英雄，正如人的生命价值不以长短为标准，方志敏烈士只活了三十六岁，却顶天立地；他的一本薄薄的《可爱的中国》，却是中国革命史和中国文学史绕不过去的一座丰碑。

回到家，我一口气读完《可爱的中国》。这本书还收录了方志敏烈士的另一篇散文《清贫》。我从未有过这样读书的激动，在那样贫穷落后、黑暗残酷，时刻面临生命威胁的年代，方志敏烈士对于祖国充满那样深厚而不可动摇的感情，充满那样坚定而不可动摇的信心，寄托着那样多美好的向往和心愿，不是每个人都可以做到的，也不是仅仅靠生花妙笔可以写出的。

在《可爱的中国》中，还有这样一段话，我也非常喜爱："朋友！中国是生育我们的母亲。你们觉得这位母亲可爱吗？我想你们是和我一样的见解，都觉得这位母亲是蛮可爱蛮可爱的。"然后，他以丰富的想象和真挚的情感，将中国温暖的气候比之母亲的体温，将中国辽阔的土地比之母亲的体魄，将中国的生产力、地下宝藏、未曾利用的天然气比之母亲的乳汁，将中国绵延的海岸线比之母亲的曲线，将中国自然美景比之母亲这样天资玉质的美人……

我不知道将祖国比喻成母亲的，方志敏烈士是不是第一人，但我是第一次看到，感到那样贴切、生动、含温带热、充满情感。他那一连串热情奔放的排比，绝对不是靠修辞方法可以书写出来的，是对于祖国母亲深厚情感的情不自禁又无可抑制的流露，是心的回声，是血液的奔涌。

如果说少年时代，哪一位英雄最难以让我忘怀，是方志敏烈士！从那以后，方志敏烈士留给我抹不掉的记忆。想起他来，眼前总会浮现那张牺牲前他披着棉大衣，拖着沉重脚镣的照片所呈现的威武不屈的形象。后来我看到一幅以此形象创作的版画，黑白线条爽劲醒目，印象至今难忘。为此，我心里一直非常感谢司老师为我们朗诵了《可爱的中国》，在我刚上中学的时候，为我推荐了这本一辈子难忘的好书。

司老师只教了我初一一年，中学毕业之后，我再也没有见过司老师。一直到 1986 年的夏天，我在中宣部的一间会客厅里，才再次见到司老师，也才知道他已经是中宣部的一个司长，负责中学教育。当时，我的长篇小说《早恋》引起争议，特别是受到一些来自中学校长和老师的反对，书已经在印刷厂印刷了，不得不停印。这部书的责编——北京十月文艺出版社的吴光华先生，觉得不服气，带着我，拿着书，找到中宣部评理。没有想到出面接待我们的是司老师。司老师把书留下了，说看完后再提具体的意见。

阔别多年的重逢，司老师笑着对我说："一直关注你的写作。希望你多写点儿，写好点儿！"我对身边的吴光华提起了当年司老师为我们全班同学大段大段背诵《可爱的中国》的情景，司老师听了笑了起来。逝者如斯，日子在时代的动荡和变迁中飞逝，我和司老师的人生都发生了重大的变化。我在心里揣测，不知这本《早恋》，司老师看过之后，会有什么看法。他的位置，会让他的意见举足轻重，甚至决定着这本书的命运。他很快就看完了，传达了他的意见，觉得写得挺好的，没有问题。书顺利地出版了。

从那以后，一直到前些年，我才又一次见到司老师。他和我都已经退休，只是他还操心着中学教育的事情。他打电话问我能不能到四川绵阳给中学师生做一个文学讲座，我当然是义不容辞。过不久，在母校汇文中学新建的一所初中分校里，学校要我和语文老师座谈语文教学，司老师也参加了。他正在帮助这所学校进行教学改革。会后，学校派车送我和司老师回家，在路上，我知道了他的儿子到美国读完博士，在普渡大学当老师。我知道，司老师结婚晚，但听到他的孩子都已经结婚生子而且当了大学的老师，还是觉得日子过得飞快。在我的印象里，总还是定格在初一那一年他大段大段背诵《可爱的中国》的情景里。

十五年前的一个冬末，我去美国，那是我第一次到美国，在芝加哥，借住在一位留学美国攻读历史的博士的公寓里。那时，他回国探亲，正好房子空着，好心让我来住。在美国读博，尤其是文科的博士，不那么容易，他来美国已经十多年，快四十岁了。这么大的年纪，还坚持读博，终于完成了博士论文，得到了导师的认可，正艰难地等待着出版社最后的审定出版，其中艰辛的心路历程，真是不容易。

在他的书架上，摆满了各种英文和中文的书，闲来无事，我翻他的书，忽然发现有一本方志敏烈士的《可爱的中国》，居然和我当年买的是同样的版本，连封面都一样。尽管封面已经破旧、褪色，却突然间在心中涌起一种他乡遇故知的感觉。重读这本书，那些曾经熟悉的几乎可以背诵下来的段落，迅速将我带回初一时的青葱岁月，想起司老师的激情背诵，想起自己买到这本小册子回家一口气读完情不自禁地抄录……

这位老博士从家回到美国的时候，我和他聊起了这本《可爱的中国》。我告诉他我少年时的经历、司老师的朗读、我买的旧书等。他告诉我尽管他在出国读博前，筛选出好多书没有带，但还是从国内海运了满满两大箱子书，其中没有忘记带上这本《可爱的中国》。他很喜欢这本书，这本书会让他想起祖国。

他问我："这本书里还有一篇《清贫》，你看了吧？"

我点点头，说看了。

他接着说："方志敏说：'清贫，清白朴素的生活，正是我们革命者能战胜许多困难的地方。'方志敏被捕的时候，仅仅从他的身上搜出一块手表、一支钢笔和两块铜板。想想如今那些贪污受贿动不动就是上亿的人，你会不会很感慨？如果像方志敏这样的革命者多一些，可爱的中国，不是会更可爱？"

在异国他乡，他的这一番话，让我难忘。那是他的、是我的，也是司老师的，对于祖国的一份感情和一份期望。那一夜，因谈起方志敏烈士的《可爱的中国》，我想起了司老师。

五六年前的夏天，我到美国探亲。那时，我的孩子在印第安纳大学教书。我知道，普渡大学也在印第安纳州，离孩子的大学不算太远，便对孩子说想去普渡大学看看。孩子开车带我去了普渡大学，校园很漂亮，像是一座花园，四周被绿树鲜花环绕。我们绕着校园转了一圈，停在学校的图书馆前，我对孩子说起司老师，说起我读初一那一年司老师大段大段背诵《可爱的中国》的情景，也说起司老师的儿子在这里教书。孩子一听，立刻说那咱们去找找他呀。可惜，那时，司老师的儿子已经到西雅图去了。

五月的鲜花

阎述诗老师，冬天永远不戴帽子，曾是我们汇文中学的一个颇为引人瞩目的景观。他的头发永远梳理得一丝不乱，似乎冬天的大风也难在他的头发上留下痕迹。

阎老师是北京市的特级数学教师，这在我们学校数学教研组里，也是唯一的。学校里所有的老师，包括我们的校长对他都格外尊重。他只教高三毕业班，非常巧，我上初一的时候，他忽然要求带一个初一班的数学课。可惜，这样的好事没有轮到我们班。不过，他常在阶梯教室给我们初一的学生讲数学课外辅导，谁都可以去听。他这样做，是为了我们学生，同时也是为了年轻的老师。他要把数学从初一开始抓起的重要性，用自己的实际行动告诉给大家。

我那时并不怎么喜欢数学，但还是到阶梯教室听了一次他的课，是慕名而去的。那一天，阶梯教室坐满了学生和老师，连过道都挤得水泄不通。上课铃声响的时候，他正好出现在教室门口。他讲课的声音十分动听，像音乐在流淌；板书极其整洁，一块黑板让他写得井然有序，像布局得当的一幅书法、一盘围棋。他从不擦一个字或符号，写上去了，就像钉上的钉、落下的棋。给我印象最深的是他随手在黑板上画的圆，不用圆规，一笔下来，居然那么圆，让我们这些学生叹为观止，差点儿没叫出声来。

四十五分钟一节课，当他讲完最后一句话的时候，下课的铃声正好清脆地响起，真是料“时”如神。下课以后，同学们围在黑板前啧啧赞叹。阎老师的板书安排得错落有致，从未擦过一笔、从未涂过一下的黑板，满满登登，又干干净净，简直像是精心编织的一幅图案，同学们都舍不得擦掉。

是的，那简直是精美的艺术品。我还未见过一个老师能够做到这样。阎老师并不是有意这样做，却是已经形成了习惯。长大以后，我回母校见过阎老师的备课笔记本，虽然他的数学课教了那么多年，早已驾轻就熟，但每一个笔记本、每一课的内容，他写得依然那样一丝不苟，像他的板书一样，不涂改一笔一画，哪怕是一个圆、一个三角形，都用圆规和三角板画得规规矩矩，而且每一页都布置得整齐有序，整个笔记本像一本印刷精良的书。阎老师是把数学课当成艺术对待的，他把数学课化为了艺术。只是刚上学的时候，我不知道阎老师其实就是一位艺术家。

阎老师逝世之后，学校办了一期纪念阎老师的板报，在板报上我见到诗人光未然先生写来的悼念信，信中提起那首著名的抗战歌曲《五月的鲜花》，方才知道是阎老师作的曲，原来闫老师学艺如此广泛而精深。想起阎老师的数学课，便不再奇怪，他既是一位数学家，又是一位音乐家，他将音乐形象的音符和旋律，与数学的符号和公式，那样神奇地结合起来。他拥有一片大海，给予我们的东西如此滋润淋漓。

那一年，是 1963 年，我上初三，阎述诗老师才五十八岁，太早地离开了我们。他是患肝病离开我们的。肝病不是肝癌，并不是不可以治的。如果他不坚持在课堂上，早一些去医院看病，他不至于这么早走的。他就像《五月的鲜花》里的战士，不愿离开自己战斗的岗位一样，不愿离开课堂。从那一年之后，我再唱起这首歌：“五月的鲜花，开遍了原野，鲜花掩盖着志士的鲜血……”便想起阎老师。

就是从那时起，我对阎述诗老师有了进一步的了解。以他的才华学识，他本可以不当一名寒酸的中学老师。艺术之路和仕途之径，都曾为他敞开。1942 年，日寇铁蹄践踏北平，日本教官接管了学校后曾让他出来做官，他却愤而离校出走，开一家小照相馆艰难度日谋生。解放初期，他的照相馆已经小有规模，凭他的艺术才华，他的照相水平远近颇有名气，收入自是不错。但是，这时母校请他回来教书，他二话没说，毅然放弃商海赚钱生涯，重返校园再执教鞭。一官一商，他都是那样爽快地挥手告别，唯有放弃不下的是教师生涯。这并不是所有知识分子都能做得到的，人生在世，诱惑良多，无处不在，一一考验着人的灵魂和良知。

我对阎述诗老师的人品和学品愈发敬重。据说，当初学校请他回校教书，校长月薪 90 元，却经市政府特批予他月薪 120 元，实在是得有其所，充分体现对知识的尊重。现在想想，即使今天也不是那么容易做到的。

世上有许多东西是无法用金钱衡量的。阎述诗老师一生与世无争，淡泊名利；白日教数学，晚间听音乐，手指在黑板与钢琴上均是黑白之间，相互弹奏；两相契合，阴阳互补，物我两忘，陶然自乐。这在物欲横泛之时，媚世苟合、曲宦巧学、操守难持、趋避易变盛行，阎述诗老师守住艺术家和教育家一颗清静透彻之心，对我们今日实在是一面醒目明澈的镜子。

诗人早就说过，有的人活着，他却死了；有的人死了，他却活着。想想抗战胜利都七十多年了，《五月的鲜花》唱了有七十多年，却依然在整个中国的土地上回荡。岁月最为无情而公正，七十多年的时间呀，会有多少歌、多少人，被人们无情地遗忘！但是，阎述诗老师和他的《五月的鲜花》仍被人们记起。

在母校纪念阎述诗老师的会上，我见到了他的女儿，她是著名演员王铁成的夫人。她告诉我她的女儿至今还保留着几十年前外公临终前吐出的最后一口鲜血——洁白的棉花上托着一块玛瑙红的血迹。

从血管里流出的是血，与从自来水管里流出的水，终究是不同的人生、不同的历史。

那块血迹永远不会褪色。那是五月的鲜花，开遍在我们的心上。

那片绿绿的爬山虎

1962年，过了暑假，我上初三，写了一篇作文《一张画像》，是写教我平面几何的老师，他个子不高，每天上课的时候，都抱着大三角板和圆规、直尺的教具，教具高过他的头，显得他的个子越发地矮，样子非常好笑，让我觉得有点儿像漫画里的人物。但是，他的课上得很有趣，为人也很有趣。教我语文的田增科老师认为这篇作文写得也很有趣，便推荐这篇作文参加当时正在举办的北京市少年儿童征文比赛，没有想到居然获奖了。获奖的奖品是一支钢笔和一本新华字典，奖品虽然很小，但是，陈列在学校大厅的陈列柜里，规格不低。

当然，我挺高兴。一天，田老师拿来一个厚厚的大本子对我说："你的作文要印成书了，你知道是谁替你修改的吗？"

我睁大眼睛，有些莫名其妙。

"是叶圣陶先生！"田老师将那大本子递给我，又说，"你看看叶老先生修改得多么仔细，你可以从中学到不少东西！"

我打开本子一看，里面油印着这次征文比赛获奖的二十篇作文。我翻到我的那篇作文，一下子愣住了：首先映入眼帘的是红色的修改符号和改动后增添的小字，密密麻麻，几页纸上到处是红色的圈、钩或直线、曲线。那篇作文简直像是动过大手术，鲜血淋漓又绑上绷带的人一样。

回到家，我仔细看了几遍叶老先生对我作文的修改。题目《一张画像》改成《一幅画像》，我立刻感到用字的准确性。类似这样的地方修改得很多，长句子断成短句的地方也不少。有一处，我记得十分清楚，“怎么你把包几何课本的书皮去掉了呢？”叶老先生改成：“怎么你把几何课本的包书纸去掉了呢？”删掉原句中“包”这个动词，使句子干净了，也规范了。而“书皮”改成了“包书纸”更确切，因为书皮可以认为是书的封面。

我真的从中受益匪浅，隔岸观火和身临其境毕竟不一样。这不仅使我看到自己作文的种种毛病，也使我认识到文学事业的艰巨：不下大力气，不一丝不苟，是难成大气候的。我虽然未见叶老先生的面，却从他的批改中感受到他的认真、平和以及温暖，如春风拂面。

叶老先生在我的作文后面写了一则简短的评语：

> 这一篇作文写的全是具体事实，从具体事实中透露出对王老师的敬爱。肖复兴同学如果没有在这几件有关画画的事儿上深受感动，就不能写得这样亲切自然。

这则短短的评语，树立起我写作的信心。那时我才十五岁，一个毛头小孩，居然能得到一位蜚声国内外文坛的大文学家的指点和鼓励，内心的激动可想而知，涨涌起的信心和幻想，像飞出的一只鸟儿抖着翅膀。那是只有那种年龄的孩子才会拥有的心思。

这一年暑假，田老师找到我，说：“叶圣陶先生要请你到他家做客！”

我感到意外。像叶圣陶先生这样的大作家，居然要见一个初中学生，我自然当成人生中的一件大事。

那天，天气很好。下午，我来到东四北大街一条并不宽敞却很安静的胡同。叶老先生的孙女叶小沫在门口迎接我。院子是典型的四合院，敞亮而典雅，刚进里院，一墙绿葱葱的爬山虎扑入眼帘，使得夏日的燥热一下子减少了许多，阳光都变成绿色的，像温柔的小精灵一样在上面跳跃着，闪烁着迷离的光点。

叶小沫引我到客厅，叶老先生已在门口等候。见了我，他像会见大人一样同我握了握手，一下子让我觉得距离缩短不少。落座之后，他用浓重的苏州口音问了问我的年龄，笑着讲了句：“你和小沫同龄呀！”那样随便、和蔼，作家头顶上神秘的光环消失了，我的拘束感也消失了。越是大作家越平易近人，原来他就如一位平常的老爷爷一样，让人感到亲切。

想来有趣，那一下午，叶老先生没谈我那篇获奖的作文，也没谈写作。他没有向我传授什么文学创作的秘诀、要素或指南之类。相反，他几次问我各科学习成绩怎么样。我说我连续几年获得优良奖章，文科、理科学习成绩都还不错。他说道：“这样好！爱好文学的人不要只读文科的书，一定要多读各科的书。”

他又让我背背中国历史朝代，我没有背全，有的朝代顺序还背颠倒了。他又说：“我们中国人一定要搞清楚自己的历史，搞文学的人不搞清楚我们的历史更不行。”我知道这是对我的批评，也是对我的期望。

我们的交谈很融洽，仿佛我不是小孩，而是大人，一个他的老朋友。他亲切之中蕴含的认真，质朴之中包容的期待，把我小小的心融化了，以至不知黄昏什么时候到来，悄悄将落日的余晖染红窗棂。我一眼又望见院里那一墙的爬山虎，黄昏中绿得沉郁，如同一片浓浓湖水，映在客厅的玻璃窗上，不停地摇曳着，显得虎虎有生气。

那时候，我刚刚读过叶老先生写的一篇散文《爬山虎的脚》，便问："那篇《爬山虎的脚》是不是就写的它们呀？"他笑着点点头："是的，那是前几年写的呢！"说着，他眯起眼睛又望望窗外那爬山虎。我不知那一刻老先生想起的是什么。

我应该庆幸，有生以来第一次见到作家，竟是这样一位大作家，一位人品与作品都堪称楷模的真正意义上的大作家。他对于一个孩子平等真诚又宽厚期待的谈话，让我十五岁那个夏天富有生命和活力，仿佛那个夏天变长了。我好像知道了，或者模模糊糊懂得了：作家就是这样做的，作家的作品就是这么写的。

在我的眼前，那片爬山虎总是那么绿着。

十万零一个为什么

庞老师人长得很帅，个子高高的，脸庞的棱角鲜明。他的年龄四十岁上下，在教过我的男老师中，属于英俊的那种。他只在初二教过我一年的代数课，初三的时候，他就调到别的学校去了。

虽然教我的时间很短，但是，我对他的印象很深。原因有两点。

一是有一次数学课上，我偷偷看一本《十万个为什么》。我是把书放在抽屉里，书只露出一个头，心想没有把书放在课桌上，即便老师走过来，我立刻把书推进课桌的抽屉里，老师一时也难以发现。谁想到，看得正上瘾呢，身后传来了庞老师的声音："看什么书呢？"不知什么时候，庞老师站在我的身后，他弯腰从我的手里拿过了书，看了看封面，说道，"呃，是《十万个为什么》。是本好书，不过，你现在应该问一问自己第十万零一个为什么，为什么上课要看课外书？"庞老师说完，把书还给我，全班同学都忍不住笑了起来。弄得我臊不嗒嗒的，一脸通红。

二是庞老师上课的时候，他的数学课本和备课本下面总放着一本文学书，我偷偷地瞄过几眼，有时是一本《莎士比亚剧作选》，有时是一本《普希金诗选》，有时是一本泰戈尔的《飞鸟集》。有时候，课讲完了，庞老师会布置课堂作业让我们做，或者发下卷子小测验。他搬把椅子，在讲台桌旁坐下来，翻开这些书读，一直读到下课。这让我非常奇怪，一个教数学的老师，居然这么爱看文学书，在我们全校的老师中绝无仅有。

更让我好奇的是，几乎每天上午，庞老师来校都非常早，我只要早早地到校上早自习，总能看到庞老师坐在生物实验室的门前，那里有一条长长的过道，和教室的走廊有一段距离，很安静。我总会看见他在读什么，或者对着窗户背诵什么，一直到第一节课的预备铃响起。我非常好奇，特别想知道他在背诵什么，这么入迷？这么起劲？有一天早晨，我悄悄地走过去，听清了，他在轻声地背诵普希金的诗《致大海》。我刚刚读过这首诗，所以里面的诗句记得很清楚。

原来庞老师也爱普希金。我心里挺佩服他的，想悄悄地离开，生怕打搅了他，可是，已经被他发现，他回过头冲我笑笑，挥着手招呼我过去。他拍拍手里的《普希金诗选》，问我看过这本书吗。我点点头。他说："好！我知道你爱看课外书，这是好事，你看我也看课外书，多看点儿课外书，对你有帮助！"他说话很亲切，我很想听听他能对我讲讲读课外书的体会。这时候，第一节课的预备铃响了，我赶紧和他告别，跑去上课了。

庞老师和别的老师不大一样，他真的是一个非常有意思的老师。可惜，他教我的时间太短了，我常常会想起他。

刚上高一的一个星期天，我去天安门旁边的劳动人民文化宫，那时，文化宫刚进门往东一拐，有一个古木修竹掩映的小院，几间宫殿式红墙绿瓦的建筑，便是图书馆的阅览室。我家离那里很近，上了中学之后，我常常会到那里借书看，或者在那里复习功课，一般会一待待上半天，待到饭点儿，回家吃饭。

那个星期天的上午，我在阅览室里只看了不到半个小时的书，椅子上像长了蒺藜狗子，屁股上像长了草，坐不住了，书上的字变得模糊起来，怎么也集中不了我的目光。我不想再看书了，还了书，走出了文化宫，走到大栅栏的同乐电影院，看了一场电影。那时看场电影，学生票只要五分钱，我记得很清楚，那天看的是根据陀思妥耶夫斯基的小说《白痴》改编的电影，说实在的，根本没有看懂，却莫名其妙地觉得挺有意思的，比枯坐在阅览室里看书轻松了许多。

从电影院走出来，走出大栅栏，走到鲜鱼口，迎面碰见了一个人，觉得非常面熟。四目相对，他一下叫出我的名字：“是你，肖复兴！”我也认出了，是庞老师！一年多没见了，突然街头相遇，让我有些激动。

他问我在高一几班，又问我这一年多学习成绩怎么样，还问我课外书都看了些什么，然后，他笑眯眯地对我说：“你给我的印象很深呀！”这句话说的，生怕他会接着说起上课看《十万个为什么》的事情，我赶紧低下头，看见他的书包里塞满了书，忙打岔问道：“这么多书呀，您这是要去图书馆还书吗？”

他点点头，顺手从书包里拿出一本书，是《古文观止》，问我：“这本书你看过吗？”我羞愧地摇摇头。他又拿出一本书，是袁鹰的《风帆》，问我：“这本你看过吗？”这本我看过，我赶忙点点头，找补回一点儿颜面。

看着庞老师这满满的一书包书，我的心里忽然有些惭愧，刚才在文化宫图书馆的阅览室里，我只待了半个小时，就坐不住地跑出来看电影了，而庞老师却看了这么多的书。

庞老师问我："你这是到哪里去了？"

我不敢回答是看电影了，慌不择词，反问起他来了："庞老师，有一个问题一直想问您，您教数学，为什么那么爱看文学书？记得您给我们上课的时候，数学课本下面总放着一本文学书。"

庞老师笑了："现在我这个习惯也没变呀。"然后，对我说，"对了，你现在正是读书的好时候，要利用时间多读些书，中国的、外国的、现代的、古典的……"分手的时候，他对我说，"有时间找我玩，我就住在学校里。"

过去了五十多年，我常常会想起庞老师。高一刚开学的那个秋天的上午，庞老师的身影，总还在眼前浮现；他对我说过的要利用时间多读书的话，还是那么清晰地在耳畔回响。

有些人，有些事，尽管结识和经过的时间都不长，甚至只是匆匆一闪，为什么却让你真的很难忘记，他和它不仅刻进你的记忆里，更是刻进了你生命的年轮里呢？高一那个星期天的上午，和庞老师分手后，我常会想起庞老师，也常会想起这个问题——是我的第十万零一个为什么。

被雨打湿的杜甫

高一那一年的暑假，雨下得格外勤。哪儿也去不了，只好窝在家里，望着窗外发呆，看着大雨如注，顺着房檐倾泻如瀑；或看着小雨淅沥，在院子的地上溅起，像鱼嘴里吐出的细细的水泡儿。

那时候，我最盼望着就是雨赶紧停下来，我就可以出去找朋友玩。当然，这个朋友，指的是小奇。

那时候，我真的不如她的胆子大。整个暑假，她常常跑到我们院子里找我。在我家窄小的桌前，一聊聊上半天，海阔天空，什么都聊。不知什么时候，屋子里光线变暗，父亲或母亲将灯点亮。黄昏到了，她才会离开我家。

雨下得由大变小的时候，我常常会产生一种幻想：她撑着一把雨伞，突然走进我们大院，走过那条长长的甬道，走到我家的窗前。那种幻觉，就像刚刚读过的戴望舒的《雨巷》，她就是那个紫丁香的姑娘。少年的心思，是多么可笑，又是多么美好。

下雨之前，她刚从我这里拿走一本长篇小说《晋阳秋》。现在，我已经完全忘记这本书是谁写的，写的内容又是什么了。但是，我清楚地记得，是《晋阳秋》。《晋阳秋》是那个雨季里出现的意外信使，是那个从少年到青春季里灵光一闪的象征物。

这场一连下了好几天的雨，终于停了。蜗牛和太阳一起出来，爬上我们大院的墙头。她却没有出现在我们大院里。我想，可能还要等一天吧，女孩子矜持。可是，等了两天，她还没有来。我想，可能还要再等几天吧，《晋阳秋》这本书挺厚的，她还没有看完。可是，又等了好几天，她还是没有来。

我有些着急了。倒不仅仅是《晋阳秋》是我借来的，该到还人家的时候。而是，为什么这么多天过去了，她还没有出现在我们大院里？雨，早停了。

我很想找她，几次走到她家大院的大门前，又止住了脚步。浅薄的自尊心和虚荣心，比雨还要厉害地阻止了我的脚步。我生自己的气，也生她的气，甚至小心眼儿地觉得，我们的友谊可能到这里就结束了。

直到暑假快要结束的前一天下午，她才出现在我的家里。那天，天又下起了雨，不大，如丝似缕，却很密，没有一点儿停的意思。她撑着一把伞，走到我家的门前。

我正坐在我家门前的马扎上，就着外面的光亮，往笔记本上抄诗，没有想到会是她，这么多天对她的埋怨，立刻一扫而空。

我站起来，看见她的手里拿着那本《晋阳秋》，伸出手要拿过来，她却没有给我。这让我有些奇怪。她不好意思地对我说："真对不起，我把书弄湿了，你还能还给人家吗？这几天，我本想买一本新书的，可是，我到了好几家新华书店，都没有买到这本书。"

原来是这样，她一直不好意思来找我。是下雨天，她坐在家里走廊前看这本书，不小心，书掉在地上，正好落在院子里的雨水里。书真的弄湿得挺狼狈的，书页湿了又干，都打了卷。

我拿过书，对她说：“这你得受罚！”

她望着我问：“怎么个罚法？”

我把手中的笔记本递给她，罚她帮我抄一首诗。

她笑了，坐在马扎上，问我抄什么诗。我回身递给她一本《杜甫诗选》，对她说就抄杜甫的，随便你选。她说了句：“我可没有你的字写得好看。”就开始在笔记本上抄诗。她抄的是《登高》。抄完了之后，她忙着起身站起来，笔记本掉在门外的地上，幸亏雨不大，只打湿了“无边落木萧萧下，不尽长江滚滚来”的那句。她不好意思地对我说：“你看我，在同一个地方摔倒了两次。”

其实，我罚她抄诗，并不是一时的兴起。整个暑假，我都惦记着这个事，我很希望她在我的笔记本上抄下一首诗。那时候，我们没有通过信，我想留下她的字迹，留下一份纪念。小孩子的心思，就是这样的诡计多端。

木刻鲁迅像

我和老傅是高中同班同学。那时，我们住得很近，我住在胡同的中间，他住在胡同的东口，天天抬头不见低头见。高中毕业那年，正赶上“文化大革命”，闹腾了一阵子之后，我们两人都成了逍遥派。天天不上课，我们更是整天摽在一起。他和他姐姐住一起，白天，他姐姐一上班，我便成了他小屋里的常客，厮混一天，大闹天宫。

除了天马行空地聊天，我们无事可干，一整个白天显得格外长。要说我们也都是汇文中学好读书的好学生，可是，那时已经无书可读，学校的图书馆早被封上大门。我从语文老师那里借来了一套十本的《鲁迅全集》。那时，除“马恩列斯”和“毛选”外，只有鲁迅的书可以读。我便在前门的一家文具店里，很便宜地买了一个处理的日记本，天天跑到他家去抄鲁迅的书，还让老傅在日记本的扉页上帮我写上“鲁迅语录”四个美术字。

老傅的美术课成绩一直优秀，他有这个天赋，善于画画、写美术字。那时，我是班上的宣传委员，每周在教室后面的黑板上出一期板报，在上面画报头或尾花、用美术字写文章题目，都是老傅的活儿。他可以一展才华，在黑板报上龙飞凤舞。

老傅看我整天抄录鲁迅，他也没闲着，找来一块木板，又找来锯和凿子，在那块木板上又锯又凿，一块歪七扭八的木板，被他截成了一个课本大小的长方形小木块，平平整整，光滑得像小孩的屁股蛋。然后，他用一把我们平常削铅笔的小刀——那种黑色的、长长的、下窄上宽而扁，三分钱就能买一把——开始在木板上面招呼。我凑过去，看见他已经用铅笔在木板上勾勒出了一个人的头像，一眼就看清楚了，是鲁迅。

于是，我们都跟鲁迅干上了。每天跟上课一样，我准时准点地来到老傅家，我抄我的鲁迅语录，他刻他的鲁迅头像，各自埋头苦干，马不停蹄。我的鲁迅语录还没有抄完，他的鲁迅头像已经刻完。就见他不知从哪儿找来一小瓶黑漆和一小瓶桐油，先在鲁迅头像上用黑漆刷上一遍，等漆干了之后，用桐油在整个木板上一连刷了好几层。等桐油也干了之后，木板变成了古铜色，围绕着中间的黑色鲁迅头像，一下子神采奕奕，格外明亮，尤其是鲁迅的那一双横眉冷对的眼睛，非常有神。那是那个时代鲁迅的标准像，标准目光。

我夸他手巧，他连说他这是第一次做木刻，属于描红模子。我说头一次就刻成这样，那你就更了不得了！他又说看你整天抄鲁迅，我也不能闲着呀，怎么也得表示一点儿我对鲁迅他老人家的心意是不是？说着，他从衣兜里掏出一张纸递给我，说我还写了首诗，你给瞧瞧！

那是一首七言绝句：

肉食自为庙堂器，布衣才是栋梁材。
我敬先生丹青意，一笔勾出两灵台。

写得真不错，把对鲁迅“横眉冷对千夫指”和“俯首甘为孺子牛”这两种性格的尊重，都写了出来。老傅就是有才，能诗会画，但做木刻，做鲁迅头像是他头一回，也是最后一回。自然，这帧鲁迅头像，他很是珍视，他说做这个太费劲！刀不快，木头又太硬！他把这帧木刻像摆在他家的窗台上，天天和它对视，相看两不厌，彼此欣赏。

一年后的夏天，上山下乡运动开始了，我先去的北大荒，他后去的内蒙古。我们分别在北京火车站，我一直眼巴巴地等他，也没见他来。火车拉响了汽笛，缓缓驶动了，他怀里抱着个大西瓜拼命向火车跑来。我把身子探出车窗口，使劲向他挥着手，大声招呼着他。他气喘吁吁地跑到我的车窗前，先递给我那个大西瓜，又递给我一个报纸包的纸包，连告别的话都没来得及说一句，火车加快了速度，驶出了月台，老傅的身影越来越小。打开纸包一看，是他刻的那帧鲁迅头像。

一晃，整整五十年过去了。经历了北大荒和北京两地的颠簸，回北京后又先后几次搬家，我丢掉了很多东西，但是，这帧鲁迅头像一直存放在我的身边，我一直把他摆在我的书架上。而且，五十年过去了，他写过的很多诗，我写过的很多东西，我都记不起来了，但他写的那首纪念鲁迅的诗，我一直记得清清楚楚。毕竟，那是他二十岁的青春诗篇，是他二十岁也是我二十岁时对鲁迅天真而纯真的青春向往。

朋友之间

老朱和我是中学同班的同学，大家就都叫他老朱，是因为他长着两撇又浓又黑的小胡子，显得比我们要大，要成熟。他是我们班的团支部书记。他主持开支部大会，学生干部有干部的样子，就像唱戏的老生总会有老生的装扮，一举一动都显得老成持重。以后我们一起到北大荒插队，组织毛泽东思想文艺宣传队上台演出节目，他演的也总是干部的形象，在话剧《艳阳天》中，他当然演的是肖长春。上中学那会儿，他自己也处处起着老大哥的表率作用，处处不忘他是个学生干部，非常愿意帮助别人。

其实，他只比我大一岁。

高一那一年，到农村劳动，我突然腹泻不止，吓坏了老师，立刻派人送我回家。派谁呢？天已经渐渐黑了下来，出了村，四周是一片荒郊野地，听说还有狼。老朱说我去送吧！他赶来一辆毛驴车，扶我坐在上面，扬鞭赶出了村。那是他生平第一次赶毛驴车，十几里乡村土路，就在他的鞭下、毛驴车的轮下，颠簸着如流逝去。幸亏那头小毛驴还算听话，路显得好走了许多，只是天说黑一下子就黑了下来，四周没有一盏灯，只有星星在天上一闪一闪，一弯奶黄色的月亮如镰如钩，没有在天文馆里见到的星空那样迷人，真觉得有些害怕，尤其怕突然会从哪儿蹿出匹狼。

一路上，我的肚子疼得很，不时还要跳下车跑到路边蹿稀，没有一点气力和老朱说话，只看他赶着车往前走。他也不说话，我知道他和我一样也有些怕，前不着村后不着店的，我们像被罩在一个黑洞洞的大锅底下，再怎么给自己壮胆，也觉得瘆得慌。那时，我们才十五六岁呀！

终于，看到隐隐约约的灯火闪烁的时候，我们俩都舒了一口气。倒退几十年前，农村和城里的区别就是这样明显，突然间面前出现两排昏黄的路灯，我们知道小毛驴的任务完成了。老朱把我送上公共汽车，向我挥挥手，赶着他的小毛驴车往回走了。那时候的北京城，毛驴车和大汽车就是这样的和平共处，相映成趣。我看见老朱赶着毛驴车消失在浓重的夜色之中，心里忽然涌出一种说不出的感情。

人和人之间的距离，有时候就是这样拉长或缩短的。人和人之间的友谊，有时候就是这样悄悄地滋润着、蔓延在心房的。我不知道老朱独自一人赶着那辆小毛驴车，是怎样回村的。可以想象得到十几里荒郊野外，夜路蜿蜒、夜雾飘散、夜露垂落，不是那么容易走的。

我们的友谊，大概就是从那个夜色苍茫的夜晚开始的。

从那以后，我们渐渐熟了起来。我常到他的家里去，他也常到我家来，我们发现彼此身上有着太多相似的东西，不是命运的巧合，就是生活的轨迹如出一辙。我们两人的出身、经历、家庭状况……非常相似，我有一个疼爱我、为了家早早就出去工作的姐姐，和一个不大听话的弟弟，他也一样，有这样一个让人敬重、同样为了家早早就出去工作的姐姐，和一个让人操心的弟弟；我的家生活不富裕，母亲曾糊纸盒养家，他的母亲一样也曾艰辛地打过麻绳。最巧的是，他的父亲是一家食品厂的会计，我的父亲是税务局的科员，偏巧正负责向他父亲收食品厂的税。还有相同的一点，我们的父亲都曾经当过国民党部队的军需官……

我们似乎是走的同一条路，从童年而来，一直走到了这个夜色苍茫的夜晚，心和心忽然碰撞到一起。

童年和少年还没来得及回味，我们就长大了。

1968 年的春天，我正在呼和浩特的姐姐家，是老朱一连几封鸡毛信将我召回，他对我说："北大荒来人招学生去北大荒的农场，下一拨是到山西插队，咱们还是争取到北大荒去吧！"我们彼此都明镜般地清楚，能到北大荒农场去，是我们当时最好的出路了。

我们开始去找北大荒农场来的人磨，那时去北大荒，由于出身，我们都不够格。我们说好了一定要争取去北大荒，而且一定要一起去。许多个夜晚，我们都去泡北大荒来的人的住处，死磨硬泡。大概心诚则灵吧，最后我们两人都被批准了。被批准的那天晚上，我们一直走到天安门广场，华灯璀璨，春风吹拂，我们非常高兴，毕竟是挺不容易才被批准的，一时的兴奋淹没了一切，以为捡了什么喜帖子。

我们的友谊，就这样齐步走。友情这东西，不是美人痣，与生俱来，而是脚底下的泡，靠日子走出来的，日子摞上日子，友情便结上结实的老茧。

分手之际，我和老朱，还有老傅和俊戌四个同班好友，来到崇文门外的崇文食堂，想如荆轲风萧萧兮易水寒壮别一样，开怀痛饮一番。掏遍了衣袋，只有老朱掏出两角六分，买一瓶小香槟，倒在四只杯中，瓶底还剩下一点儿，老朱说了句文绉绉的学生腔："谁还觉得歉然？"没人说话。老朱举起瓶，将瓶中酒分成四份倒在每人的杯中。便一起举杯，再无豪言壮语，默默地一饮而尽。从此，悲欢离合一杯酒，南北东西万里程。

我和老朱坐着同一列火车离开的北京，1968 年 7 月 20 日上午 10 点 28 分，这个时间永远在我们的生命中定格。那一天，锣鼓喧天中有人在笑有人在哭，我们两人都有些心不在焉，眼睛不住张望着车窗外的站台，希望站台上能够出现我们渴望出现的奇迹。那时，我二十一岁，老朱二十二岁，都有了朦朦胧胧的恋情，我的女朋友是一个小学的同学，他的是邻校女中的同学。我们彼此没有说什么，但都明白同样是等她们。而她们分别对我们两人说要来车站为我们送行。但是，火车开了，她们两人谁也没有出现在站台上。我们两人的失望都一览无余地写在各自的脸上。

当火车刚刚驶出北京站，在建国门前城墙的垛口上，老朱看见了，我也看见了，他的那位女朋友高高地站在古城墙的垛口上，秀发迎风摆动。老朱忽然将半个身子探出车窗，挥着手高喊着她的名字叫道："给我来信！"

火车在这一刹那风驰电掣而去，再看不见她的身影。五十三年过去了，老朱那喊声依然清晰地回荡在我的耳边。这是我见到的他第一次，也是唯一的一次情不自禁的冲动，和他一向的老成持重大相径庭。

五十三年过去了，我们的中学时代，就是在火车飞驰离开北京那一刻，彻底和我们告别了。

毕业歌

在20世纪50年代初期和中期，我们大院里陆陆续续搬进好多新住户。这是我们大院膨胀期的开始，不仅改变了以往会馆居住人口的成分，也改变了以往会馆的建筑格局。可以说，就是从这时候开始，尽管广亮式的大门还在，二道门、影壁、石碑和院墙还在，但包子里包的是肉还是菜，不在褶儿上，原来的老会馆，渐渐地成了大杂院。

这是一种非常有意思的现象，我没有做过研究，为什么那时候我们大院一下子膨胀出这样多的人家。现在想想，大概是当时的户籍管理没有那么严格，像现在北京户口那样金贵，也没有城镇户口和农村户口之分，从外地乃至农村来的人，都可以轻易地上上北京户口，只要到派出所登个记就行了。我生母去世之后，我的继母从河北沧县东花园村里来，就是这样简单轻便地上了户口，那是1953年。另外一点，是北京刚解放不久，百废待兴，需要各种人才和劳动力，要不，那么多人来到北京，找不到工作，没有饭碗，光有户口也没用。总之，看着住进越来越多的人家，大院越来越热闹的样子，可以看出那个时代的一点影子。大院的兴旺，就是北京当时兴旺的一种象征，也是人权物再分配的一种显示。风生水起的变化，在迅速地蔓延，只是人们还不大清楚以后究竟会发生什么样的变化。

那时候，搬进我们大院的人好多是从农村来的，都是些出身贫寒的人家。租住的房子，是大院里破旧或其他废弃的房子改建的，房租仨瓜俩枣，没有多少钱。那时候，我们大院的房东，心眼儿不错，可怜这些人，旁人一介绍，就住进来了。

玉石和他的爸爸妈妈住进我们大院，他家的房子可以说是大院最差的了。对于我们大院的住房，有个约定俗成的看法，就是前三个是院子的正房，它们两侧的配房其次；再下面，是大院两边的东西厢房；最差的则是东跨院。玉石家的房子在大院西厢房最里面的把角的一间，为什么大家都说是最差，就因为房子是用以前的厕所改建的。我们大院原来有两个厕所，东西两边各占一个，大院的住户增多，房东想多挣房租，就只留下了东边的一个稍微大一些的厕所，把西边的这个厕所改成了住房。

玉石家是不知道这内情的。我们都知道，大概是心理作用，什么时候到他家去，地上总是潮乎乎的，我总觉得有股子臭味儿，从地底下一阵阵地往上拱出来。后来，玉石家知道了内情，但是，玉石觉得比他们家以前在农村住的好多了，关键是，离学校近，这让他最开心。他对我说过，在村里上学，每天得跑十几里的山路。

玉石搬进来那一年，读小学六年级，来年就要读中学了。这是他家决心从农村搬进北京城的一个主要原因。如果还在原来的农村，读中学，玉石就要到县城去，那就更远了。玉石学习成绩好，他爸爸说，就是砸锅卖铁，也要供玉石读中学，然后上大学。那时候，上大学，对于我是一件遥远的事情，但和玉石在一起，天天听他和他爸爸这么念叨，便也成为我一件特别向往的事情。

玉石的爸爸在村里是泥瓦匠，心里对读书人高看一眼，信奉的是老辈人传下来的至理名言：书中自有黄金屋，书中自有颜如玉。他教育玉石有两句口头禅，一句是“你爸爸我只念过三年的私塾，要是家里有钱供我，我也能读书读到中学大学，不会当这泥瓦匠”。一句是“吃得苦中苦，享得人上福；小时候吃窝头尖儿，长大才能当大官儿！”这两句口头禅，前一句是现身说法，后一句是要玉石学习刻苦。玉石听得耳朵都起茧子了，要是我早烦了，尤其是什么吃得窝头尖儿，长大当大官儿，难道读书就是为了当大官吗？这是我当时的想法。不知道玉石怎么想的，反正他爸这么说，他都是毕恭毕敬地听着，也许这耳朵听进去，那耳朵又跑出来了吧？

玉石他爸有手艺，到了北京，很快就在建筑工地找到了活儿。住的房子虽然是厕所改的，一家人的日子过得其乐融融，好像只要人一起到了北京，就有了盼头。就是玉石像豆芽菜一样，显得瘦小枯干，虽然比我大三岁多，长得还没有我高。记忆最深的是，有一次我们房东太太好心地对玉石的妈妈说：“你家孩子这是缺钙呀！”玉石妈妈连忙摆手说：“我们家玉石不缺盖，家里的被子絮的棉花挺厚的。”这件事，一直到现在，只要提起玉石，大院的老街坊还要说起。

我们大院里好多街坊，都像房东一家一样关心玉石家，不仅因为两口子待人和气，日子过得紧巴，关键是心疼玉石，玉石学习确实棒，小学毕业以全校第一的成绩考入汇文中学，更是让人们的心偏向玉石。并且，家家都拿玉石做榜样，催促自己孩子好好学习。我爸爸就是最有代表性的一个，几乎天天对我说：“你瞧瞧人家玉石是怎么学的，你得向玉石一样，也得考上汇文！”

三年后，我也考上了汇文中学。玉石又以连续三年优良奖章获得者的身份保送上了汇文的高中。这时候，全院开始以我们两人为骄傲。这是 1960 年的秋天，短暂的快乐，迅速被淹没。自然灾害和人祸一起搅裹，从农村到城市，饥饿蔓延，家家吃不饱肚子。本来就瘦弱的玉石，越发显得骨瘦如柴。冬天到来的时候，玉石的爸爸从工地的脚手架上摔了下来，当场没了气。事后，从玉石妈妈的哭丧中，人们才知道，玉石的爸爸是把粮食省下来让玉石吃，自己尽吃豆腐渣和野菜包的棒子面团子，天天在脚手架上干力气活，肚里发空，头重脚轻，一头栽了下去。

玉石是个懂事的孩子，爸爸走了，妈妈没有工作，他不想再上学了，想去工地接他爸爸的班。工地哪敢要他？背着书包，他不是去学校，而是瞒着他妈妈，天天去别的地方找活儿。一直到我们学校里的老师找到家里来了，是他班主任丁老师，一个高个子教物理的老师，推着辆如同侯宝林相声里说的那种除了铃不响哪儿都响的破自行车，从大门口，一直走到西厢房的最里面，自行车咣当咣当的响声响了一路。

玉石没在家，还在外面跑着找活儿呢。丁老师对玉石妈妈说："玉石学习成绩一直很好，是个读书的材料，这么下去，就可惜了，您要劝劝他。学校也会尽力帮助的。咱们双管齐下好吗？"

玉石妈妈没听懂双管齐下是什么意思，等玉石回来，只是一把鼻涕一把眼泪地对玉石说："孩子呀，你爸爸为啥拼着命从村里到北京来？又为啥拼着命干活儿？还不就是为了让你好好上学？你这说不上学就不上学了，对得起你爸爸吗？说句不好听的，你爸爸就是为了你死的呀！"最后，他妈用拳头捶着他的后背，指着挂在墙上的他爸的遗像，让他跪下向他爸发誓。他没有说话，只是扑通一下跪了下去。

玉石又开始上学了。有一天放学，在学校门口，我碰见了他。他显然是在校门口等我半天了。他要我跟着他一起去一个地方，我虽然很敬佩他的学习，毕竟比他低三个年级，平常很少和他在一起，不知道他要我跟他去干什么。

我跟着他一直走到东便门外，那时候，蟠桃宫还在，大运河也还在，顺着河沿儿，我们一直走到二闸，这是我第一次去这个地方，人越来越少，已经是一片凄清的郊外了。他带着我走到了一个废弃的工地上，这时候，天擦黑了，暮霭四起，工地上黑乎乎的，显得有些瘆人。

他悄悄对我说："你就在这里帮我看着，如果有人来了，你就跑，一边跑，一边招呼我！"他这么一说，让我更有些害怕，不知道他要做什么。不一会儿，就看见他从工地上拉出好多钢丝，还有铜丝，见没人，拽上我就跑，一直跑到收废品的摊子前，把东西卖掉。他分出一部分钱给我，我没要，我知道，这也是没办法的事，他妈妈现在给人家看孩子，他是想用这种办法替母亲分担。

我们两人就这样连续作案，只要学校下午课少，我们就去那个工地，然后到收废品那儿换钱，交给玉石妈。玉石妈问玉石："你哪儿来的钱？"我赶紧替玉石解释："是玉石放学后捡的废品换来的钱！"玉石妈说玉石："钱是大人操心的事情，你现在就给我好好学习，对得起你爸爸就行了！"玉石听着，不说话。可是，只要放学没什么事情，他还是拉上我往工地跑。

终于有一天，我们让人给抓到了。虽然是废弃的工地，还有不少建筑材料，也有人看守。玉石拉上我就跑，那人个高腿长跑得飞快，很快就追上我们，一把揪着我们的衣领子，像拎小鸡似的把我们抓到他看守的一间板房里，打电话通知我们学校领人。

来的老师骑着自行车，高高的身影，大老远就看出来了，是玉石的班主任丁老师。那人余怒未消，对丁老师气势汹汹地叫嚷道："你们学校得好好教育这两个学生，明目张胆地偷东西，太不像话了！"丁老师弓着腰，点着头，听那人数落完，把我们领走。推着他那辆破自行车，沿着河沿儿，一路没有说话，只听见自行车嘎嘎乱响，我感到我们的脚步都有些沉重。走过东便门，走到崇文门，在东打磨厂口，丁老师停了下来，对我们说："快回家吧。"然后，他从衣兜里掏出了几块钱，塞在玉石的手里。玉石不要，他硬塞在玉石的兜里，转身骑上车走了。走进打磨厂，路灯亮了，我看见玉石悄悄地抹眼泪。

玉石和我再也没有去工地。学校破例给了他助学金，一直到他高中毕业。1963年，他考入地质学院后，和他妈妈一起从我们大院搬走了。我不知道他要搬走，他也没告诉我他要搬走的消息。只是有一个周末的晚上，他到我家门口叫我，我出来，他对我说，要我陪他去找一趟丁老师。我知道，对丁老师，他一直心存感激，学校给他的助学金，就是丁老师为他争取到的，帮助他渡过了高中三年的难关。他不善言辞，希望我能帮帮他。我当然很乐意帮忙。

可是，那一天，我们没找到丁老师的家。事先，玉石已经从我们学校打听到了丁老师家的地址，按照那地址，我们却怎么也没有找到。"可能是我抄错了地址。"玉石对我说。那天晚上，我们一起回家的路上，繁星点点，明朗的夜空显得格外深邃，可是，玉石的脸上却是灰蒙蒙的，一副失望的表情。我劝他："以后到学校找丁老师。要不周一上学见到丁老师，我先对他说说你已经去找过他了，转达你对他的谢意。"玉石听我这么说，没有说话，明亮的眸子，有泪花闪烁。

没过几天，玉石和他妈从我们大院搬走了。从那以后，我就再没有见过他。"文化大革命"中，听我妈说，玉石来大院找过我一次，那时，他大学毕业，在"五七"干校等待分配。可惜，我正和同学外出大串联，没能见到他。后来，我才知道，他来找我，是找我陪他一起回学校看看丁老师。那时候，丁老师被剃成了阴阳头，正在挨批斗，几乎天天都要被我们学校那帮老红卫兵拉到操场的领操台上批斗。我无法想象，玉石和丁老师相见会是一种什么样的场面，又会涌出一种什么样的心情。

前不久，我接到一个从西宁打来的电话，让我猜他是谁。我猜不出来，他告诉我他是玉石。他说他后来分配去了青海地质队，一直住在青海。他说他看过我写的柴达木的报告文学，也知道我弟弟在青海油田工作过。他说他一直生活在青海，他妈妈一直跟着他，一直到去世。他说他退休后在学习作曲，而且出过专辑的唱盘。他笑着对我说："你觉得奇怪吧？我是学地质的，怎么改行了呢？"我说："我是有点儿奇怪，你是跟谁学的作曲？"他说："我是自学的，但也不能这么说，你知道我读高中的时候，教我们数学的是阎述诗老师。"我问："你跟他学的？我知道阎述诗老师曾经为著名的《五月的鲜花》作过曲。"他笑着说："不是，但是，我想阎老师可以教数学又可以作曲，我为什么不能学地质搞勘探又能作曲？"玉石是一个有能力的人，世界在他面前是圆融相通的。

最后，他告诉我，他学作曲，是想为丁老师作一支曲子。那个晚上，丁老师让他难忘，让他感受到世界上难得的理解和温暖。他说，这么多年，只要一想起丁老师，心里就像有音乐在涌动。

我告诉他，丁老师早好多年就已经去世了。他说："我知道了，所以，我想你把我的这番心思写篇文章好吗？我想借助你的文章让人们知道丁老师。过几天，我会把歌寄给你。"

我收到了玉石作的歌，名字叫《毕业歌》。说实在的，曲子一般，但其中一句歌词让我难忘：毕业了那么多年，你还站在我的面前；那个懵懂的少年，那个流泪的夜晚。

花儿为什么这样红

高万春校长戴一副宽边眼镜，总爱穿一身中山装，风纪扣紧系着，不苟言笑，很威严的样子。在我们同学中间，关于他的传说，流传最广的是他曾经在西南联大听过闻一多的课，在学校的文学创作园地《百花》墙报上，每期都有他亲自写的文章（最出名的有《李自成起义的传说》《盖叫天谈练功》），谈天说地，博古论今，让我更加信服他一定出师名门。我们学生对他肃然起敬，也充满对那个风云激荡时代的想象。但对他也多少有些害怕，远远看见他，都会躲着走。

高校长在汇文的那十年中，有我在汇文读书的六年。我单独见到他，只有两次。但是，遵从着有教无类的古训，我知道他对我颇为青睐和照顾有加，学校破例允许我可以进图书馆里面去挑书，便是他的指示。当时有很多学生不满，找到图书馆的高挥老师去吵，向学校提意见，高校长坚持自己的主见："要给爱学习的学生开小灶！"

记得我初一的班主任司老师曾经对我说过，有一次，他问司老师这样一个问题："你说是一名大学教授贡献大，还是一名优秀的中学老师贡献大？”不等回答，他自己说，“办好一所中学，不见得比大学教授贡献小。”在他为汇文校长的那十年中，把一所拥有百年历史的老学校，以德、智、体、美全面发展的好成绩，推到全北京市中学前五六名的位置上，这是他之后历任校长再也无法企及的。

高校长最大的爱好，就是听课，所以，年轻的老师，和我们学生一样，都有些怕他，怕他搬来一把椅子，坐在教室后面听课，下课之后，检查他们的教案和备课笔记。他是教学的行家，老师哪里讲得好，哪里讲得不好，他听得出来。他对老师们讲：“讲课要像梅兰芳唱戏一样，一句唱词一个唱腔，要反复琢磨，要精益求精，要追求艺术效果。”

第一次，是高一，下午放学的时候，班主任老师叫住我，让我到校长室去一趟，说高校长找我。我有些惴惴不安，一般学生被叫到校长室，不会有什么好事，犯了错误被叫去受训居多。我心里在想，自己犯了什么事了吗？会不会把我找去批评我？

校长室在一楼，我敲门后走进去的时候，高校长正襟危坐地坐在办公桌前。他没有让我坐下，只是先问我最近的学习情况，然后又告诫我谦虚，不要骄傲翘尾巴，最后，拉开办公桌的抽屉，拿出一个牛皮纸袋递给我，告诉我：“这是一本英文版的《中国妇女》杂志，你的一篇作文翻译成了英文，刊登在上面了。”

我松了一口气，原来是好事。我站在那里，等着他继续训话。但是，没有了，他摆摆手，放行，让我走了。刚走出校长室，在楼道里，我就打开了杂志，一看，是我的那篇《一幅画像》，翻译成了英文，还配发了一幅插图。

我到现在还记得，在校长的办公室里，靠墙有一个长条背靠椅，后来我听班主任老师说，高校长就是在这个长椅子前面再加一把椅子，把它们当成了床，常常晚上不回家，睡在这上面。

第二次，是我读高二，有一天下午放学早了点儿，我和一个同学下楼，边下楼梯，边哼唱起来《花儿为什么这样红》。那时候，正放映电影《冰山上的来客》，这首雷振邦作曲的电影插曲很红，很多人都爱唱，我们也是刚刚学会的。那时，我们的教室在三楼，我们两人从三楼走到一楼，也从三楼哼哼着唱到一楼。走到一楼前的最后几个台阶的时候，我们两人都看见了，高校长正一脸乌云站在一楼的楼梯口等着我们呢。

我们收住了歌声，惴惴不安地走到他的跟前，他劈头盖脸问了我们一句："你们说说，花儿到底为什么这样红？"

我们两人吓得什么话也说不出来。

高校长又严厉地对我们说道："你们不知道吗，高三的同学还在上课？"

我们才忽然想到，高三年级各班的教室都在一楼，为了迎接高考，他们得加班加点上课。

高校长说完，转身走了，我们两人赶紧夹着尾巴溜出了教学楼。

高二的那年，我当了一年学校学生会的主席。也没有多少工作，只是负责在学校大厅的黑板上每周出一次黑板报，每学期一次全校运动会和文艺会演，还有每学期的开学典礼的文艺演出。

高三开学典礼的文艺演出准备工作，还是由我们这一届的学生会负责，开学之后，学生会换届选举，我就可以卸任，准备紧张的高考了。就在准备文艺演出的一天下午，我正在学校礼堂的舞台上和同学们一起忙乎，一个同学跑上台，对我说范老师找我。范老师是负责我们学生会的教导处的主任。我跟着这个同学走下舞台，往礼堂外面走，刚走到门口，看见范老师正坐在最后一排的椅子上。他身边还坐着两位老师，一男一女，我都不认识。

范老师见我走了过来，站起来，向我介绍，原来是中央戏剧学院表演系的两位老师。男老师教形体课，女老师教表演课。我很有些奇怪，不知道他们找我有什么事情。说句很羞愧的话，当时，我确实见识很浅陋，从来没有听说过北京还有一个戏剧学院。

范老师告诉我："这两位老师是专门来咱们学校招收学生的，他们看中了你！"

我更是有些吃惊，因为当时我一门心思只想考北大，对于戏剧学院一无所知，对于表演系更是一头雾水。两位老师非常热情，对我说："以前不了解，没关系，到我们学校参观一下，不就了解了嘛！"

于是，我被邀请参观了中央戏剧学院，由这两位老师陪同，观看了戏剧学院学生当年演出的话剧《焦裕禄》。我第一次走进正规剧院的后台，那是我们学校舞台一侧简陋的后台无法相提并论的。鲜艳的服装、化装的镜子、喷香的油彩、迷离的灯光、色彩纷呈的道具……以一种新奇而杂乱的印象，一起涌向一个中学即将毕业而有些好奇有些兴奋又有些不知所措的少年面前。

不过，我一直很奇怪，我根本不认识这两位戏剧学院表演系的老师，他们是怎么知道我的呢？我把这个疑问抛向了我的班主任老师，他告诉我："艺术院校是提前招生，所以，这两位老师老早就来过咱们学校好几次了，想找一个能写也能演的学生，希望学校推荐合适的人选，是高校长推荐了你！"

我的心里，对高校长很是感激。

一直到从汇文中学毕业，离开这所学校，我再也没有见过高校长。

忽然想起曾经学过的语文课文，鲁迅的《从百草园到三味书屋》中说过的话：“我将不能常到百草园了。Ade，我的蟋蟀们！Ade，我的覆盆子们和木莲们！”

我也要说：我将不能常到汇文中学了。Ade，我的校园！Ade，我的老师们和高校长！

Ade，我的中学时光！

即兴小品考试

老钟是我少年时期的偶像，那时候，老钟爱好朗诵，常常会模仿当时颇为流行的星期天朗诵会上的演员，朗诵一些诗，比如张万舒的《黄山松》、闻捷的《我思念北京》。

老钟住我们大院后院，他的父亲是一位工程师，母亲是一位中学老师，他有一个姐姐，嫁给了一个印度尼西亚的华侨，姐夫有一个台式的录音机。好长一段时间，老钟对着录音机朗诵诗歌，不厌其烦地练习一遍又一遍，颇吸引我们一帮孩子，趴在他家窗前听他朗诵。

老钟读高三那一年，考北京电影学院表演系。初试通过了，这让他扬眉吐气。复试，需要面试，我看得出他很兴奋，也很紧张。面试那天，老钟把自己打扮得油光水滑，早早地骑着他爸的那辆飞鸽牌自行车，去了北太平庄外的北京电影学院。

那一天上课，我总是有些走神，心里想着老钟的面试会是一种什么样子。下午放学回家，见到他，我问他考得这么样？他眉毛一扬：说没的说！他告诉我，考官先要他朗诵一段自选的篇目，他朗诵了《林海雪原》攻打奶头山的一段。这一段对于他来说轻车熟路，得到考场老师的好评，这从老师的面目表情就看得出来。接着，老师把桌子上的一个墨水瓶递给他，让他以这个墨水瓶为小道具，表演一个即兴小品。这是面试的重头戏。看得出，他很得意，很满意自己的这个即兴表演。我催他赶紧说说他是怎么弄的这个小品。

“我先朗诵了一段陈然的《我的‘自白’书》[①]。朗诵完‘为人进出的门紧锁着，为狗爬出的洞敞开着。一个声音高叫着：爬出来呀，给你自由！……’我的双眼紧盯着前面坐的那一排考场的老师，停顿了好半天。你知道为什么这时候我要盯着他们停顿吗？”

我说：“不知道。”

“这就是艺术了。知道中国画里的留白吗？停顿，就是留白。坐在前面的那一排老师，这时候就是那些高叫要给我自由让我从狗洞子里爬出来的人，那些渣滓铜里的坏蛋！我就有了一种现场感。你懂吗？现场感，是表演情境中最重要的，是斯坦尼斯拉夫斯基学说里最重要的。”

听着他这番慷慨陈词，知道他还沉浸在白天的面试里呢。“那你横不能朗诵完这首诗就齐活了吧？老师给你那个墨水瓶呢？”我催问他，这是考试关键的地方。

他瞅了我一眼，颇为得意地说：“这就吃功夫喽，道具不论大小，得用得恰到好处，秤砣虽小压千斤，知道吗？我用这墨水瓶里的墨水写好我的自白书，朗诵到‘让我把这活棺材和你们一

---

① 此处应为叶挺的《囚歌》，而不是陈然的《我的“自白”书》。应是老钟记错了。——编者注

起烧掉’[①]的同时，我把手里的墨水瓶朝那帮老师使劲儿地扔了过去。那帮老师都愣在那里了。”

尽管我非常佩服老钟面试考场上出色的即兴表演。但是，最终老钟没有考上北京电影学院。事后，我安慰他，他连连说：“是那个墨水瓶让我倒的霉。我没有处理好！毕竟墨水把人家老师的白衬衫都给染了。”

第二年，老钟不甘心，接着考北京电影学院。这一次，成绩还不如上次，名落孙山，连复试都没挤进去。因为考电影学院，耽误了高考，老钟最终没能上得了大学。连番两次的失败，让老钟很沮丧，有点儿灰头灰脸，常受他爸的数落。

第二年秋天，老钟找到了工作，在一所小学当老师，教语文课。在课堂上，朗读课文，是他的长项，最受学生的欢迎。他朗诵的时候，满教室鸦雀无声，他的声音洪亮，会荡漾到教室的窗外，回响在校园里，引来好多老师驻足倾听，成了学校的一绝。

我们大院有在那所小学上学的孩子，回来以后绘声绘色地讲这些情景的时候，我看见站在旁边的老钟的父母脸上笑容绽放。没过几天，那些孩子又带回来关于老钟的新消息。老钟组织了个课外的朗诵小组，他负责辅导学生的朗诵训练，还照当时星期天朗诵会的模式，每个星期的周末下午放学之后，也组织一个朗诵会，颇受学生的欢迎。过新年的时候，他组织了“迎接新年朗诵会”，邀请校长和家长参加，更是大获好评。

举办这场朗诵会之前，老钟找我让我帮着他写一首迎接新年

---

① 此句应为“把这活棺材和我一齐烧掉”，同出自叶挺的《囚歌》。——编者注

的朗诵诗。那时候，我刚上初三，喜欢上了写诗，要说也是受老钟的影响。老钟找到我是看得起我，我当然乐意拔刀相助。朗诵会那天，老钟也邀请我去。现场听到那么多的掌声，和他们校长对老钟的表扬，我很为他高兴。炉灰渣儿也有放光的时候，更何况在我眼里老钟是金子呢？

三年过后，我高三毕业，考中央戏剧学院表演系。初试过关，复试之前，找老钟求教。老钟对我说："面试中即兴小品是关键，一定要认真对待，我的教训要记取，千万别大意失荆州，再闹出我那墨水瓶的笑话！"

那天考试结束回家，老远就看见老钟站在我们大院的大门口等我呢。看得出，他比我还要紧张。那天夕阳辉映下老钟的身影常让我想起，像是一幅画，垂挂在我的少年记忆里。

只可惜，我接到中央戏剧学院表演系的录取通知书后没过几天，"文化大革命"爆发了。学校停课，大学停办。没能进戏剧学院的校园，一个跟头，我去了北大荒。二进宫，再一次重返中央戏剧学院的校园，是十二年之后的事情了。

第三辑

疏灯细语诉风尘

疏灯细语诉风尘

椴树蜜

一

那年，我回北大荒，车子跨过七星河，来到大兴岛，笔直朝南开出大约十里地，开到三队的路口。青春时节最重要的记忆，许多都埋藏在这里。因此，车子刚刚往东一拐弯，我犹豫了一下，是集体的行动，怕影响大家整体行程的安排，但在那一瞬间，话还是忍不住脱口而出："要不让我下车去看看老孙家吧，下午我再到场部找你们。"那声音突然地响起，而且是那样大，连我自己都有些吃惊。

回北大荒看望老孙，一直是我心底里的一种愿望。这种愿望自登上北上的列车，就越来越强烈，在三队路口一拐弯，更加不可抑制。

老孙，是我们二队洪炉上的铁匠，名叫孙继胜。他人长得非常精神，身材高挑瘦削，却结实有力，脸膛也瘦长，双目明朗，年轻时一定是个俊小伙儿，爱唱京戏，"文化大革命"前曾经和票友组织过业余的京戏社，他演程派青衣。

他是我们队上地地道道的老贫农、老党员，是在我们队上说话颇占分量的一个人。他打铁的时候，夏天爱光着脊梁，套一件帆布围裙，露出膀子上黝亮的腱子肉，铁锤挥舞之中，铁砧上迸溅得火星四冒，像有无数的萤火虫在他身边萦绕着嬉戏。能够找他为自己打一把镰刀，在我们二队是值得骄傲的事情。我曾经到洪炉找过他，请他为我打一把镰刀，他二话没说就答应了，没过几天就忙里偷闲替我打好了。我去洪炉取镰刀时，看到他光着脊梁干活的情景，觉得那是我们队上最美的一幅画。在二队的时候，我曾经写过一首诗《二队的夜晚》，里面专门写了洪炉夜晚老孙打铁这样美丽的情景。令人欣慰的是，当时，很多知青把这首诗抄在笔记本里，至今居然还有人能够背诵。其实，当时，这首诗主要是为了写老孙，是记录我对老孙的一份感情。

这份感情，就像洪炉上淬火迸发出火热而明亮的火星一样，发生在1971年的冬天。那一年，我二十四岁。

二

我和同来北大荒的九个同学，因为队里的三个所谓的“反革命”鸣冤叫屈，得罪了队上的头头，他们搬来了工作组，认为我是为首者，便准备枪打出头鸟，先是查抄了我所有的日记和写的所有的诗。在那个鸡蛋里都能够找出骨头的年代里，欲加之罪，何患无辞？他们轻而易举便找出了我写的这样的诗句：“南指的炮群，又多了几层。”明明是指当时珍宝岛战役之后要警惕“苏修”对我们的侵犯，却被认为那“南指的炮群”指的是来自台湾，最后上纲到：“如果蒋介石反攻大陆，咱们北大荒第一个举起白旗迎接老蒋的，就是肖复兴！”现在再听，跟笑话似的，但从那时起，几乎所有的人都像是躲避瘟疫一样躲避着我。那时候，我知道，厄运已经不可避免，就在前头等着我呢。

那一天收工之后，朋友悄悄地告诉我，晚上要召开大会，要我注意一点儿，做好一些思想准备。我猜想到了，大概是要在这一晚上把我揪出来，和那三个“反革命”一勺烩了。因为早好几天前这样的舆论在全队就已经雾一样弥漫开了。队上的头头走路，都情不自禁地鹅一样昂起了头。

那一天晚上飘起了大雪。队上的头头和工作组的组长都披着军大衣，威风凛凛地站在了食堂的台上，我知道躲过了初一躲不过十五，硬着头皮，强打着精神，来到了食堂。就在前不久，也是在这里，我还慷慨激昂、振振有词地为那三个“反革命”鸣冤叫屈，把当时的会场激荡得沸腾如同开了锅，如今一下子却跌进了冰窖。我虽然做好了思想准备，心里还是忍不住瑟瑟发抖，我不知道待会儿真的要揪到台上，我会是一种什么狼狈的样子，他们会不会也在我的脖子上挂链轨板？我真的一下子如同丧家之犬，只好无可奈何地等待着厄运的到来，才知道英雄人物和“反革命”这两类人物，其实都不是那么好当的。

谁能够想到呢，那一晚，工作组组长声嘶力竭地大叫着，一会儿说阶级斗争的新动向，一会儿重复着说“如果蒋介石要反攻大陆真打过来了，咱们队头一个打白旗出去迎接的肯定是肖复兴……”然后，又非常明确地指着我的名字，又扽出他刚进我们二队时说过的话，说我是过年的猪，早杀晚不杀。总之，他讲了许多，讲得都让人提心吊胆，但是，一直讲到最后，讲到散会，言辞虽然激烈，也没有把我揪到台上去示众。我有些莫名其妙，以为今晚不揪了，也许放到明晚上了？

我坐在板凳上一动不动，等着所有的人走尽了，才拖着沉甸甸的步子走出食堂。我忽然看见食堂门口唯一的一盏马灯的灯光下面，很显眼地站着高高个子的一个人，他就是老孙。雪花已经飘落了他一身，就像是一尊白雪的雕像。

那时，四周还走着好多的人，只听老孙故意大声地招呼着我："肖复兴！"那一声大喝，如同戏台上的念白，不像青衣，倒像是铜锤花脸，字正腔圆，回声荡漾，搅动得雪花乱舞。

紧接着，他又大声说了一句："到我家喝酒去！"然后，大步走了过来，一把拉住我的胳膊，当着那么多人包括队上的头头和工作组组长的面，旁若无人似的把我拖到他的家里。

炕桌上早摆好了酒菜，显然，是准备好的。老孙让他老婆老邢又炒了两个热菜，打开一瓶北大荒酒，和我对饮起来。酒酣耳热的时候，他对我说："我和好几个贫下中农都找了工作组，我对他们说了，肖复兴就是一个从北京来的小知青，如果谁敢把肖复兴揪出来批斗，我就立刻上台去陪斗！"

谁肯艰难际，豁达露心肝？

算一算，快五十年过去了，许多事情，许多人，都已经忘却了，但铁匠老孙总让我无法忘怀。有他这样的一句话，会让我觉得北大荒所有的风雪、所有的寒冷都变得温暖起来。对于我所做过的一切，不管是对是错，都不后悔。什么是青春？也许，这就叫作青春，青春就是傻小子睡凉炕，明知凉，也要躺下来是条汉子，站起来是棵树。

三

1982年，大学毕业那年的夏天，我回了北大荒一次。回到大兴岛上，第一个找到的就是老孙。那是我1974年离开北大荒和老孙分别八年后的第一次相见。当时，他已经从二队调到三队，正在洪炉上干活，系着帆布围裙，挥舞着铁锤，火星四溅在他身子的周围。一切是那样熟悉，那一瞬间，像是回到那年找他为我打镰刀时的情景。他一眼看到我，停下手里的活儿，我上前一把握住他的手，一句话也说不出，泪水模糊了我的眼睛。

他把活儿交给了徒弟，拉着我向他家走去，一路上，什么话也没有说，只是用他那只结满老茧的大手紧紧握住我的手。那手那样有力、那样温暖。刚进院门，就大喊一声："肖复兴来了！"那声音响亮如洪钟，让我一下子就想起那年冬天在队上食堂门前风雪中那一声洪钟大嗓的大喝："肖复兴！到我家喝酒去！"

进了屋，他的老婆老邢把早就用井水冲好的一罐子椴树蜜的甜水端到我的面前。一切，真的像是镜头的回放一样，迅速地回溯到以前。自从那个风雪之夜老孙招呼我到他家喝第一顿酒之后，在北大荒的那些日子里，冬天，我没少到他家喝酒吃饭打牙祭。在他家暖得烫屁股的炕头，我没少和他脸碰脸地坐在一起。春天，到他家吃第一茬春韭包的饺子，夏天，到他家喝从井里冰镇好的椴树蜜，是我最难忘的记忆了。

那春韭嫩绿嫩绿，从他家屋后园子里割下来，常常还带着露珠儿，根根亭亭玉立，像从泥土里钻出来的小美人。只要听见老邢在柞木菜墩上剁韭菜馅，就能闻见清新的香味，那种带有春天湿润气息和一种淡淡草药的气味，特别蹿，一下子就冲撞进我的鼻子里，然后像长上了翅膀一样，蹿得满屋子都是。老邢用她家鸡刚下的蛋，和韭菜和在一起的饺子馅，真的特别好吃。返城以后的日子里，尽管也吃过无数次韭菜馅的饺子，却怎么也比不过老孙家的香。

椴树蜜，是北大荒最好的蜜了，在我们大兴岛靠近七星河底窑的老林子里，有一片茂密的椴树，夏天开白色的小花，别看花不大，但开满树，雪一样皑皑一片，清香的味道，荡漾在整片林子里，会有成群的蜜蜂飞过来，也有养蜂人拿着蜂箱，搭起帐篷，到林子里养蜂采蜜。那时候，椴树开花前后，老孙爱到那片老林子里养几箱蜜蜂，专门整些椴树蜜。他家菜园子里，有他自己打的一口机井，他常常把椴树蜜装进一个罐头瓶子里，然后放进井下面，等收工回来的时候，把椴树蜜从井里吊上来喝，冰凉沁人，是那时候冰镇的最好法子，井就是他家的冰箱。

喝到这样清凉的椴树蜜，岁月一下子就倒流了回去，让你觉得一切都没有逝去，曾经经历过的一切，都可以复活，保鲜至今。

四

如今，又是那么多个年头过去了，我不知道老孙变成什么样子了。算一算，他有七十上下的年龄了。我真的分外想念他、感念他。

又到了三队，模样依旧，却又觉得面目全非，岁月仿佛无情地撕去了曾经拥有过的一切，只是顽固地定格在青春的时节里罢了。在场院上看见了现在三队的队长，是当年我当小学老师时教过的学生，他带着我往西走，还是当年的那条土路，路两旁，不少房子还是当年我见到的老样子，只是更显得低矮破旧，大概前几天下过雨，地翻浆得厉害，拖拉机链轨碾过的沟壑很深，不平的地就更加凹凸不平。由于是大中午，各家人都在屋子里吃饭休息，路上，没有见一个人，只有一条狗和几只鸡，在热辣辣的阳光下寂寞地吐着舌头或刨土啄食。记忆中，1982 年来时，也是走的这条路，老孙拉着我的手就往他家走，一路上洪亮的笑声，一路上激动的心情，恍若昨天。

如果没有记错的话，前面就应该是老孙家。不过，在北大荒，各家的房子基本一样，又有那么多年没来了，我不大敢保证，问了一下年轻的队长，队长说就是。正说着，走到老孙家前十来步远的时候，老孙院子的栅栏门推开了，从里面走出来一个女人，正是老孙的老伴老邢，仿佛她就像知道我要来似的，正在出门迎我。我赶紧走了几步，走到她的面前，她有些感到意外，愣愣地望着我。队长指着我问她："你还认识吗？看是谁？"她只是愣了那么一瞬间，立刻认出了我来，一把抓住我的胳膊，眼泪唰地流了出来，我也忍不住哭了起来，我们俩什么话都没有说出来，只能够感到彼此的手都在颤抖。

走进老孙的家门，她才抽泣地对我说老孙不在了，我从她刚刚的眼泪里就已经意识到了。问起当时的情景，老孙有高血压和心脏病，一直不愿意看病，更舍不得吃药，省下的钱，好贴补给他的小孙子用。那时，小孙子要到场部上小学，每天来回走十六里路，都是老孙接送小孙子上学。两年前的三月，夜里两点，老邢只听见老孙躺在炕上大叫了一声，人就不行了。小孙子整整哭了两天，舍不得爷爷走，谁劝都不行，就那么一直眼泪不断线地流着。

我想象着当时的情景，开春前后，正是心血管病的多发期，3 月的北大荒，积雪没有化，天还很冷，就在这间弥散着泥土潮湿地气的小屋里，就在我坐的这铺烧得很热的火炕上，老孙离开了这里，离开了 1959 年他二十六岁从家乡山东日照支边来到这里就没有离开过的大兴岛。那一年，老孙才六十九岁，他完全可以再活长一些时间。

望着老孙曾经生活过那么久的小屋，我的心里很不是滋味。

那年，我来看老孙时，就是在这间小屋里，这么多年过去了，小屋没有什么变化，所有简单的家具，一个大衣柜、一张长桌子，还是老样子，也还是立在原来的老地方。一铺火炕也还是在那里，灶眼里堵满了秫秸秆烧成的灰。家里的一切似乎都还保留着老孙在时的老样子，只要一进门，仿佛老孙还在家里似的，那些简陋的东西，因有了感情的寄托，富有了生命，那些东西还立在那里，不像是物品，而像是有形的灵魂和思念。

一扇大镜框还是挂在桌子上面的墙上，只是镜框里面的照片发生了变化，多了孙子、外孙子的照片，没有老孙的照片，我仔细瞅了瞅，以前我曾经看过的老孙穿着军装和大头鞋的照片，和一张老孙虚光的人头像，都没有了。那两张照片，都是老孙年轻时照的，那张虚光的照片是老孙外出唱戏的时候在富锦县城照相馆里照的。一定是他老伴老邢怕看见照片触景伤情，取下了吧？

我小心翼翼地问老邢："老孙的照片还在吗？"

她说："还在。"说着，从大衣柜里取出了一本相册，我看见在里面夹着那两张照片，还有好几张老孙吃饭的照片。老邢告诉我："那是前几年给他过生日时候照的。"我看到了，炕桌上摆着一个大蛋糕，好几盘花花绿绿的菜，一大盘冒着热气的饺子，碗里倒满了啤酒。老孙是个左撇子，拿着筷子，很高兴的样子。那些照片中，老孙显得老了许多，隐隐约约地，能够看出一点病态来，他拿着筷子的手显得有些不大灵便。

我从相册里取出一张老孙拿着筷子夹着饺子正往嘴里塞的照片，对老邢说："这张我拿走了啊！"

她抹抹眼泪说："你拿走吧。"

我把照片放进包里，望望后墙，还是那一扇明亮的窗户，透过窗户，能看见他家的菜园，菜园里有老孙自己打的一眼机井，我那次来喝的就是那眼机井里打上来的水冲的椴树蜜。似乎，老孙就在那菜园里忙乎着，一会儿就会走进屋里来，拉着我的手，笑眯眯地打量着我，如果高兴，他兴许还能够唱两句京戏，他的唱功不错，队里联欢会上，我听他唱过。

那一瞬间，我有些恍惚，在走神。人生沧桑中，世态炎凉里，让你难以忘怀的，往往是一些很小很小的小事，是一些看似和你不过萍水相逢的人物，是一些甚至只有一句却足以打动你一生的话语。于是，你记住了他，他也记住了你，人生也才有了意义，才有了可以回忆的落脚点和支撑点。我一直以为回忆的感动与丰富，才是人一辈子最大的财富。

当我回过神来，发现老邢不在屋里了，我忙起身出去找，看见她在外面的灶台上为我们洗香瓜。清清的水中，浮动着满满一大盆的香瓜，白白的，玉似的晶莹剔透。这是北大荒的香瓜，还没吃，就已经能够闻到香味了。

我拽着她说："先不忙着吃瓜，带我看看菜园吧。"

菜园很大，足有半亩多，茄子、黄瓜、西红柿、豆荚……姹紫嫣红，一垄一垄的，拾掇得利利索索、整整齐齐。只是老孙去世之后，那眼机井突然抽不出水来了。这让老邢，也让所有人感到奇怪。有些物件，和人一样，也是有感情的、有生命的。生死相依，一世相伴，有时候，并不只是局限于人。

空旷的菜园里，只有我们两个人，午后的风也凉爽了许多，整个三队安静得像是远遁尘世的隐士。前排房子的烟囱里有烟冒出来，几缕，淡淡的，活了似的，精灵一般，袅袅地游弋着。远处，是蓝天，是北大荒才有的那样湛蓝湛蓝的天，干净得像是用眼泪洗过一样，安静得连蜜蜂飞过的声音都听得见。

那一刻，我的心一阵真发紧。我才真正地发现，我此次回大兴岛最想见的人，已经看不见了。搂着老邢的肩头，我很想安慰她几句，说几句心里的悄悄话，才发现我的嘴其实很笨拙，说不出什么来，眼泪忍不住又落了下来。

倒是老邢握住我的手，劝起我来："老孙在时，常常念叨你。可惜，他没能再见到你。他死了以后，我就劝自己，别去想他了，想又有什么用？别去想了，别去想了，啊！你知道，我比老孙小整整十岁，我就拼命地干活，上外面打柴火，回来收拾菜园子……"

想一想，有时候，万言不值一杯水；有时候，一句话，能够让人记住一辈子。年轻的时候，我们并不怎么珍惜青春，年老了以后，我们再来谈青春，往往容易显得矫情和奢侈，但无论怎么说，一个人青春时节奠定的来自民间的情感和立场，却是能够影响一个人的一辈子的。如果说我们的青春真的是蹉跎在那场"上山下乡"运动中的话，那么，曾经有过这样的一个人，有过这样的一句话，那么，到什么时候，你也要相信，你的青春并不是一无所获。

那天下午，我从三队返回到农场场部的时候，从车上搬下来一大塑料袋子香瓜。尽管队长说到场部也有好多香瓜，就不用带了，老邢坚持一定要把这些香瓜塞上车，让他们一定给我带回来。她说："你们的是你们的，那是我的。"然后，她对我说，"老孙要是在，还能给你带点儿椴树蜜的，老孙不在了，家里就再也不做椴树蜜了，就用这香瓜代替老孙的一点儿心意吧。"一句话，说得我泪如雨下。我已经好久未曾落泪了，不知怎么搞的，那一天，我竟然无可抑制。

一连几天，满屋子都是香瓜的清香。

黄檗罗木镰刀把

一

2004年的夏天，我回到北大荒。那是自1974年离开那里之后我第三次回北大荒。没有想到，竟然是最后一次见到赵温。

1982年，我大学毕业后利用暑假第一次回北大荒，过佳木斯和富锦县城，准备过七星河回我当年所在的大兴岛二队之前，天已黄昏，必须要在建三江住一宿。一切安排好，服务员把我引到宾馆的房间，屁股在椅子上刚刚坐下，一位建三江的朋友，就进门迫不及待地对我说："告诉你两个事，一个是赵温已经从大兴二队调到了建三江粮食加工厂来了，一个是你们原来二队的队长因为喝知青的血贪污受贿被双开（开除党籍、开除公职），整你的工作组组长得癌症死了。"

2004年，这一次也是这样，简直是1982年那一幕的重演，我刚进房间，也是屁股在椅子上刚刚坐下。房门敲响了，进来一位建三江的老朋友，见到我寒暄没几句话，就告诉我："赵温不在家。"原来，他早好心地在我到达建三江之前就替我找赵温去了。

谁都知道，在北大荒当地老农中，赵温和我的关系非同一般。

我心里一沉：莫非他到外地去了？

来人对我说：“他儿子说他去看庄稼了。”说完又补充道，“他承包了几百亩麦子地，现在正是要麦收的时候，他儿子说他在麦子地边搭了一个窝棚，夜里就睡在那里，看庄稼呢。”

我松了一口气，他没有外出，还在建三江，麦子地再远，也是能够找到他，能够见到他的。

来人又告诉我：“我已经告诉他儿子了，说你来了，让他儿子立马儿去找他，他承包的那块地整得挺远，看他今晚上能不能赶回来。”

想起上次到建三江，我迫不及待地找到他搬进不久的新家，去看望他时相见甚欢的情景，还清晰得如在眼前。一晃二十二年过去了，一切真是恍然如梦。

二

我和赵温的友情，要上溯到 1968 年我刚到北大荒的时候。

想想那时候，我真的是非常好笑。年轻的时候，大概谁都会是心高气盛的吧。那时，我也是一样，自以为是、急公好义、路见不平拔刀相助。用当时东北老乡的话说，其实就是傻小子睡凉炕，全凭火力壮。

1968 年，我二十一岁。全因为认为队里的三个所谓的“反革命”，并不是真正的反革命，而绝对是好人。尤其是看着他们的脖子上用铁丝勒着挂着三块拖拉机的链轨板挨批斗，更是于心不忍，要知道每一块链轨板是十七斤半重，每一次批斗下来，他们的脖子上都是鲜血淋淋，铁丝在肉里勒下深深的血痕。于是，我带头出场了，自以为是和样板戏里的英雄人物李玉和出场一样呢，要拯救那三个人于危难之中。

那一年刚入冬，踏雪迎风，身后甩下无边无际的荒原，心里充塞着小布尔乔亚的悲天悯人情怀。我走进的第一家，是二队最北的一间拉禾辫盖的泥草房。我看见他家里穷得盆朝天碗朝地的，一盏马灯昏暗的灯光下，他的老婆穿着一件跑了花的破棉袄，揽着两个孩子，蜷缩在炕上，而他自己则光着膀子穿着一件单薄的破棉袄。寒风醉汉一样使劲拍打着窗户，发出怪异的嘶鸣。不知道我来了哪儿一股子劲，当场脱下临来北大荒之前姐姐给我的那件崭新的棉大衣，披在他的身上，感觉良好地当了一回救世主。他披着棉大衣，一双细长的眼睛眯缝着，紧紧盯着我，没有动窝，也没有说话。

他就是赵温。一个革命烈士的后代，莫名其妙被诬打成反革命。他是二队的木匠，干一手好的木匠活，唱得一腔好嗓子京戏。多少年过去了，他始终记住我的那件棉大衣。我始终记住我们之间的友情。

我根本没有想到，我替赵温鸣冤叫屈，越走越近的时候，已经走到了危险的悬崖边上，断头台就横在我的面前。上级派来的工作组进队了。这是队上的头头搬来的救兵，要演出一场气势汹汹的借刀杀人戏。工作组进队的头一天一大清早，便召集全队人马在食堂里开会。因为在场院上脱了一宿的谷子，我当时正猫在赵温家的火炕上，想睡个安稳的觉，哪里会想到大祸就要临头。工作组组长指名要找到我必须参加大会，别人却哪里也找不到我，问谁谁也不说我在哪里。队上的头头亲自出马了，他料事如神一般，推开赵温家的房门，一脸我以为是有些谄媚的笑，其实是得意的笑里暗藏杀机。我被叫到了食堂，黑压压的人群簇拥着台上新来的工作组组长，军大衣不穿而是披在身上，《林海雪原》里的少剑波一样，几分潇洒倜傥。当他看见队上的头头向他挥了挥手，知道我已经来了，开始极其严厉地说起了一长段火药味儿很浓的话，其他的话我已经记不住了，但有这样一句话至今清晰在耳，那就是他声音高亢地说："肖复兴是过年的猪，早杀晚不杀的事了！"那一刻，几乎所有人的眼睛都投向我这一边，目光像是聚光灯似的落在我身上。

紧接着，工作组的组长找我谈话。这位年纪和我一样大的66届老高三毕业的组长，是友谊农场党委书记的秘书，他开始向我大背整段整段的马克思、恩格斯和列宁关于无产阶级专政下继续革命的语录，密如蛛网遮下来，雨打芭蕉落下来，先把我说晕，然后，义正词严地向我指出和队上的党支部对着干而为三个"反革命"翻案的问题性质的严重性。显然，他和队上的头头已经认定，我是这群知青骚动的罪魁祸首。

一天收工后的黄昏，一个同学悄悄地问我："你的日记里有什么怕别人看的东西没有？"

我连想都没有想，对他说："没有。"

他嘱咐我说："你还是先仔细看看，得留神那帮人。"

果然，如他所料，工作组查抄了我写的所有日记，还有当时我写的几本诗。

我知道，一切已经在劫难逃。心里一下子灰暗下来，心想三个"反革命"没有能够平反成，我自己倒先折了进去，真有些出师未捷身先死的味道。所有的朋友都为我担心，我自己更不知道未来迎接我的是什么样的命运。我只是知道，就是这时候，我和赵温的关系更加密切，因为不可测的命运已经把我们连接在一起，成了一根绳子上拴的两只蚂蚱。如果说最初对于赵温，我还多少有些普度众生、居高临下的感觉的话。那么，现在，我已经和赵温一起成为需要被众生搭救的对象。

从那以后，我和赵温的友情越来越深，保持到现在长达四十余年之久。那友情，真有点生死之交的味道，清晰得犹如他手中墨盒在木头上画下的黑线，深切得犹如他手中锯断那木桶一般原木的锯辙，纷纷锯末如雪，撒在我们的身前身后。

第二年，赵温终于被摘下了“反革命”的帽子。这一年麦收的时候，赵温拉上我到七星河边底窑的老林子里，找到一根黄檗罗木。我问他干什么，他说用它给你做个镰刀把。那时候，我不认识黄檗罗木，他告诉我这种木头外软内硬，做镰刀把使着最可手，不磨手。他还告诉我，这种木头珍贵，一般都用它做枪托。

我第一次见这种树，禁不住抬头看了看，十几米高，枝叶参天，很茂密。他用斧子砍下一根枝杈，恰到好处有个弧度，他随波就弯，用斧子削了削，递给我说：“看合不合适？”握在手里，还真合适。再仔细看，它的树皮很厚，很柔软，剥去表皮，木栓层那种鲜黄的颜色，让我的眼睛一亮，我还从来没有见过这样黄得灿烂如金的树木。中间的木质部分，依然是黄色。只是淡了一些，不过那种柠檬一般的黄色，让人感到是那样清新而纯净。

这把黄檗罗木镰刀，确实好使，让好多人羡慕，我一直使到离开北大荒，舍不得给别人，又还给了赵温。我知道，这是他的一份心意。北大荒朴实的木匠，只要觉得你对他真的好，就会千方百计地把他对你的好回馈给你，就像你给了他一把斧头，他立刻恨不得砍下一棵大树给你。

三

1971年，我被临时调到建三江管理局宣传队创作节目。春节前，宣传队放假，队里的知青都早早回各自的农场或生产队里过年去了。我因一点事情耽误了，想在年三十晚前赶回二队，不耽误大年夜的饺子就成了。如果一切正常，乘公交车一个多小时就到，便胸有成竹。

那时候，是我来北大荒的第三个年头，前两个春节都是在二队过的。大年三十的晚上，我们十几个要好的知青，都是到赵温家聚会，拥挤在热烘烘的炕头上，腾出炕下的空地，有三五平方米，成了那时我们春晚的舞台，我们就在那里轮流每人有模有样地表演一个节目，唱歌跳舞，或者是清唱样板戏。最后，赵温要伸长了脖子唱一段字正腔圆的京剧。那两个年三十的夜晚，曾经吸引了队上不少的人，特别是邻家的小孩子们，趴在赵温家屋外的窗户上，透过结满冰凌花的窗玻璃，观看我们火爆的演出。我想在年三十晚上赶回去就可以了，就可以不耽误饺子，不耽误我自己准备好的节目，看大家的节目。

谁想到年三十天没亮就把我冻醒了，开始以为偌大的宿舍因为就我一人，屋子太旷，要不就是炉子灭了的缘故，起来往窗外一瞧，才知道大雪封门，刮起了大烟泡，漫天皆白，难怪再旺的炉火也抵挡不住寒气逼人。心想糟了，这么冷的天，这么大的雪，去大兴岛的车还能开吗？但是，我还是抱着一线希望去了汽车站。那里的人抱着火炉子正在喝小酒，头也没抬，说："还惦着开车呢？看看，水箱都冻成冰坨了！"

我的心一下子也冻成了冰坨。天远地遥，天寒地冻，这个年只好我一人孤零零过了。说心里话，来北大荒三年了，虽然艰苦，但每一个年都是和同学、老乡一起过的，便也都是乐呵呵的，暂时忘掉了思家之苦。现在，就要我独自过年了，漫天飞雪，天又是如此寒冷，而且师部的食堂都关了张，大师傅们都早早回家过年了，连商店和小卖部都已经关门，命中注定，别说年夜饭没有了，就是想买个罐头都不行，只好饿肚子了。

大烟泡儿从年三十刮到了年初一早晨，也没见有稍微停一下的意思。望着窗外寒风呼啸，大雪纷飞，百无聊赖，肚子又空，想家的感觉袭上心头，异常感伤起来。我一直偎在被窝里，迟迟地不肯起来，睁着眼，或闭着眼，胡思乱想。

十点钟左右，忽然听到咚咚的敲门声，然后是大声呼叫我的名字的声音。由于大烟泡儿刮得很凶，那声音被撕成了碎片，显得有些断断续续，像是在梦中，不那么真实。但仔细听，那确实是敲门声和叫我名字的声音。我非常奇怪，会是谁呢？在这里，我仅仅认识的宣传队里的人一个个都早走了，回去过年了，其他的，我没有一个认识的人呀！谁会在大年初一的上午来给我拜年呢？

满怀狐疑，我披上棉大衣，跳下了热乎乎的暖炕，跑到门口，掀开厚厚的棉门帘，打开了门。吓了我一跳，站在大门口的人，浑身是厚厚的雪，简直是个雪人。我根本没有认出他来。等他走进屋来，摘下大狗皮帽子，抖落下一身的雪，我才看清是赵温。天呀，他是怎么来的？这么冷的天，这么大的雪，莫非他是从天而降不成？

我肯定是睁大了一双惊奇的眼睛，瞪得他笑了。他对我说："赶紧给我倒碗开水喝，冻得我骨头缝里都是风了！"我赶紧从暖水瓶里给他倒了一碗开水，这是我这里唯一可以吃喝的东西了。我赶紧又去拿洗脸盆，想给他倒热水洗把脸，暖和一下。他拦住了我：“这时候可不敢拿热水洗脸！”说着，他蹲下来，捡起点儿地上刚刚被抖落的残雪，使劲地擦手擦脸，直到把手和脸擦红擦热，他说：“行啦，没事了。你去拿个盆来！”我这才发现，他带来了一个大饭盒，打开一看，是饺子，个个冻成了邦邦硬的坨坨。他笑着说道：“可惜过七星河的时候，雪滑跌了一跤，饭盒撒了，捡了半天，饺子还是少了好多，都掉进雪坑里了。凑合吃吧！”

我立刻愣在那儿，望着那一堆饺子，半天没说出话来。这些饺子就不少了，足够我吃几顿了，他可是真没少带呀。我知道，他是见我年三十没有回队，专门来给我送饺子的。如果是平时，这也许算不上什么，可这是什么天气呀！他得多早就要起身，三十多里的路，他得一步步地跋涉在没膝深的雪窝里，他得一步步走过冰滑雪滑的七星河呀。以至于事过多年之后，一想起那样的情景，都让我无法不感动，总觉得是一幅北大荒最动人的木刻画。

真的，我过过那么多个春节，吃过那么多次饺子，没有过过那样一个春节，没有吃过那样一次饺子。当然，也再没有遇到过那样冷那样大的风雪。

我永远记得，那一天，没有锅煮饺子，我和赵温把一个洗脸盆刷干净，用那只盆底是朵大大的牡丹花的洗脸盆煮的饺子。饺子煮熟了，漂在滚沸的水面上，那一只只饺子像一尾尾银色的小鱼，被盛开的牡丹花托起。

四

1974年，春节过后的初春，我告别北大荒回北京的时候，朋友帮我从木材场找来很多木头，每一块都两米多长，我觉得没办法运回北京，找赵温帮我锯断，化整为零，好带回家。赵温看看那一堆木料，对我说："你看看，不是水曲柳就是黄檗罗，都是好木料呀，锯断了多可惜，回家就没法子打大衣柜了，你还得结婚呢。"

他说得我心头一热。是啊，我还要结婚，那时候结婚都讲究打大衣柜。他想得很周全。

于是，他没有帮我锯断木头，而是找来木板，帮我打了两个硕大无比的木箱子，把这些长长的木料分别装进去。他把那有好几寸的长钉子一个个钉进木箱盖，最后用他那大头鞋死劲地踢了踢箱子，对我说："挺结实，就是火车搬运工摔也摔不坏了！"然后，他弯腰蹲在地上，一边拾起没有用完的钉子和榔头等工具，一边又对我说，"装一个箱子太沉，没有法子运，即使能运，到了北京，你自己也搬不动。"

他想得很仔细。望着他蹲在积雪没有融化的地上，散落的被斧头削砍下的木屑，新鲜得如同从雪中滋生出来的零星的碎花和草芽，我心里很感动。我不知道该说些什么，他也不再说话。装上一袋关东烟，知道我不抽烟，自己一个人默默地抽着。有时候，真的觉得，好多最深切的感情，往往不是用语言能够表达的。沉默，往往是最好的表达方式，尤其是男人之间的沉默，就像那夜色下深深的湖水，没有涟漪，没有云光月影，甚至看不见湖面的轮廓和湖底的深浅，但能够让你明显地感受到它的存在，清冽而湿润的水汽，扑面而来。

我们就那么默默地站着，一直等到朋友赶来了一辆老牛车，我们一起把那两个大箱子抬到牛车上面，我坐到车上，朋友要赶着这辆老牛车慢悠悠地跑上十六里路，帮我把木头运到场部，明天一清早和我离开大兴岛，到福利屯坐火车回家。

我和赵温就是这样告别了，没有拥抱，没有握手，甚至没有说一声再见。我永远也不会忘记，那是一个落日的黄昏，在开阔而平坦的大兴岛原野上，由于无遮无挡，夕阳显得非常明亮，像是一个巨大的红灯笼，一直挂在西天的边上，迟迟不肯下坠。

离开北大荒那么多年了，虽然平常和赵温也没有什么联系，平淡如水却也清澈如水的友情，往往更能够具有持久的生命力。我始终相信，即使我们平常没有什么信件或电话的往来，但彼此的心是连在一起的。这就是男人之间的友情，区别于男女之间哪怕是再好的恋情的地方，因为男女之间可以好得如胶似漆，却也可以在瞬间反目为仇、不共戴天，甚至血溅鸳鸯。但男人之间的友情，却绝对不会出现这样的情景。所以我说，男女之间的恋情必须要举行堂皇的婚宴的话，男人之间的友情却只需要家常的粗茶淡饭。所以一般我们常常听到这样惯常的说法，爱情是白头偕老，友情是地久天长。白头偕老，是一辈子，而地久天长，则是永恒。

五

2004 年夏天那一晚，在建三江宾馆里，我一直在房间里等赵温。

当一切事过境迁之后，对知识青年上山下乡那场轰轰烈烈的运动，历史严峻的回顾与评价，和一般人们的回忆与诉说，竟然是如此不同。也许，历史讲究的是宜粗不宜细，而一般人却是宜细不宜粗吧？因为那些被历史删繁就简去掉或漏掉的细处，往往却是一般人最难忘记的地方，是一般人的生命、生活和情感休戚相关的人与事吧？同样是一场逝去的过去，从中打捞上来的，历史学家和一般人是多么不同，前者打捞上来的是理性，如同鱼刺、兽骨和树根，硬巴巴的；后者则打捞上来的是如同水草一样柔软的东西。在那场现在评说存在着是是非非的上山下乡运动中，悲剧也好，闹剧也好，牺牲了我们一代人的青春也罢，毕竟至今还存活着我们和当地农民那种淳朴的感情，以及由此奠定的我们来自民间底层的立场，是唯一留给我们的慰藉，是开放在北大荒荒凉荒原上细小却芬芳的花朵，是那些对于一般普通人最柔软的部分，也是最坚定的部分。也许，这就是历史揉搓的皱褶中的复杂之处，是扭曲的时代中未能被泯灭的人性。是的，历史可以被颠覆，时代可以被拨弄，命运之手可以翻手为云覆手为雨残酷无情，人性却是不可以被残杀殆尽的。这就是人性的力量，是我们普通人历尽劫难而万难不屈而能够绵延下来的气数。

那一晚，赵温始终没有来。见到他，是从大兴岛返回建三江的时候，已是黄昏，推开我住的房间，暗影里坐着个人，我一眼看见，赵温坐在那里。

他是那样瘦，瘦得像一张剪纸。只有一双眼睛还是那样明亮，仿佛能够洞穿世上的一切。他已经坐在这里等候我好久了。

我冲过去，握住他的手，刚要说话，问他怎么这么瘦，就涌进了好多人，热情的寒暄、嘈杂的声浪，灌满整个房间。赵温坐在房间角落里的一把椅子上，静静地看着，听着，不说一句话。天不知道什么时候已经黑了下来，他悄悄地站起来，按下墙上的开关，吸顶灯亮了，房间里洒满温暖的光芒。

那天，是我见到他的最后一面。橘黄色的温暖灯光下，枯叶蝶一样瘦削的身影，是他留给我的最后印象。

那天晚上，当所有人走了之后，我们两人聊了很久，一直到半夜。起风了，北大荒夏天的风，粗犷地嘶鸣着，吹卷得窗外的柳树枝条肆无忌惮地摇摆着，扑打在玻璃窗上，发出强烈的阵阵心跳般的轰鸣。他站起身来，临别时，他说有件东西送我，留个纪念。从书包里掏出的，是一把黄檗罗的镰刀把。虽然已经很旧，但我一眼认出，是三十多年前他为我做的那把镰刀把。

借书奇遇记

1971年的冬天。那天，大烟泡儿铺天盖地地刮了一整天。我在二队里的猪号里干完活，刚吃完晚饭不久，饲养棚的门被推开了，是我的一个在场部兽医站工作的同学。看着他一身雪花像个雪人一样突然出现我的面前，心里很是惊讶。从他那里到我这里，要走整整十六里的风雪之路呀。我以为出了什么事情。

他不容分说，让我赶紧穿好衣服，匆忙地拉着我就往外走。外边的雪下得正猛，我们两人冲进风雪中。白茫茫的一片，立刻吞没了我们。

一路上，我才知道，他们兽医站有一个叫作曹大肚子的人，是钉马掌的，不知怎么听说二队出了我这么一号人，挨整后发配到了猪号。同学告诉他“这个肖复兴是我的同学”，而且，还告诉他我特别想看书，把从北京带去的一箱子的书都翻烂了……只那么随便地一聊。就在那天傍晚要下班的时候，曹大肚子对我的这个同学讲：“你让你的那个同学肖复兴来找我！他不是爱看书吗？”

“你听听，他这口气，不小呢。我这不立马儿就跑来找你，不管他是真有书还是假有书，明天一清早，他来上班看见你在兽医站等着他呢，先表明咱们心诚。”

他想得真周到。那时，队上只有队部里一部电话，根本不会为我跑到猪号那么老远去传电话，他只好跑那么远，顶着风雪来回三十二里的奔波，我心里翻起一阵热浪头。

虽然对这个曹大肚子心存疑惑，但也幻想着他备不住会藏龙卧虎，别错过了机缘而遗憾。书，仅仅是为了书，而不是如今时髦的美景或美女什么的，竟然也能够有如此诱惑，冬天里的一把火一样，立刻燃烧起腾腾的火焰，从心里一直蹿到天灵盖，让我们有一种“远道赴约绝对不能迟到”的蓦然而起的冲动。

我们两人急匆匆往兽医站赶，在零下几十度的寒夜里，竟然走出了一身的汗。第二天一清早，曹大肚子出现在我们的面前，我的同学向他介绍我的时候，我看出他有几分惊讶。没有想到风雪之中我们是如此神速。

第一印象，是很深刻的：中等个儿，很胖，穿着一身旧军装，挺着小山凸起般的大肚子，双手背在身后，眼睛望着上面，似乎根本没有看我，有几分傲慢地问我：“你都想看什么书呀？写个书单子给我吧！”

我当时心想，莫非这家伙真是有藏书，还是驴死不倒架摆这个派头？因为昨天夜里和同学在一铺炕上睡觉时，我已经向同学打听清楚了，他以前是我们农场办公室的主任，当过志愿军，1958 年十万转业官兵到北大荒的时候，从辽宁的沈阳军区来到了北大荒，1965 年开发大兴岛时，从七星河调到这里。“文化大革命”里倒了霉，被打成走资派批斗之后，发配到兽医站钉马掌。

听他说话的那口气，似乎不容置疑，半信半疑之中，我写下三本书的书名。到现在依然清晰地记得：一本是亚里士多德的

《诗学》，一本是伊萨科夫斯基的《论诗的秘密》，一本是艾青的《诗论》。说老实话，我心里是想为难他一下，别那么牛，这三本书就是在北京当时也不好找，别说在这荒凉的北大荒了。我是不相信，这样三位老人，能存活在一片风雪荒原之上的。

谁想到，当天的下午，他来兽医站上班，把用报纸包着的三本书递在我的手中，打开一看，一本不差，还真的是这三本书。我对他不敢小看，不知水到底有多深。

在北大荒最后的两年多时间，曹大肚子那里成了我的图书馆。但是，每一次借书，他都要我写个书单子，他回家去找，这成了一个铁打不动的规矩。一般他都能够找到，如果找不到，他就替我找几本相似的书。他从不邀请我到他家直接借书。我也理解，既然藏着这么多的书，他肯定不想让人知道，要知道那时候这些书都是属于“封资修”，谁想引火烧身呀？况且，他正在倒霉，一顶走资派的帽子拿在群众的手里，什么时候想给他扣上就能够扣上。如果加上他借这样的书给我，一条罪状：腐蚀知识青年，够他喝上一壶的了。我便和他一直保持着这样的借书关系，每一次都跟地下工作者在秘密交换情报似的。破报纸里包着的只有我们知道的秘密。

曹大肚子的书，帮助我抵挡了身边的孤独，内心的苦闷，还有日复一日的无聊与漫长。在我二十四岁到二十七岁那三年的时间里，那些书帮助我迈过了人生关键的门槛，让我觉得即使是孤独和苦闷也是美好的，即便一身衣衫褴褛，心里也感到是富有的，足以抵挡眼前一切的风雪弥漫，好像总会觉得有什么美好的事情，有谁远处的呼唤，会在寒村荒原上发生、回响。

记得第二年的开春，我在二队播种，站在播种机的后面，看着大豆的种子一粒粒地撒进地里，远处朦朦胧胧闪动着绿茵茵的影子，忽然感觉就在那一刻，地头上走来一个女知青的影子，像是我童年时结识的女友，她一步一步姗姗地远远向我走来，我竟然那样不管不顾，立刻从播种机上跳了下来，向地头跑了过去。跑到了地头，见到的是一个陌生的女人。但那片刻涌动在心头春潮一般的幻觉，是那样让我难忘，尽管也是那样可笑。那一切包括可笑在内的美好幻觉，和如同泡影一样瞬间破碎的想象。我知道，都是从那时读过的书中得来的。那些书，都来自曹大肚子。是他的那些书给予我这些幻觉和想象，让我可笑，却不再可怜，而有了旁人所没有的自我感动，甚至是激动人心的瞬间。

我曾经把这一时错觉和可笑的举动对曹大肚子讲过。我等待着他的赞赏，或嘲笑。但是，他静静地听我讲完，没有说什么，只是轻轻地拍了拍我的肩膀。过了几天，见到我，他对我说："我没看错你，你一定会写出东西来的。"

我一直把曹大肚子当成我的知音，尽管那时我还没有发表一篇东西，但是，我已经悄悄地在写，而且一口气写了十篇散文。我曾经拿出其中几篇给他看过，他看后没对文章有什么臧否，只是问我："你看过林青的散文吗？"我知道林青是北大荒的一位作者，和曹大肚子一样，都是1958年复员转业到北大荒来的那批军官。便告诉他，我初三的时候，买过一本林青的散文集《冰凌花》，是上海少儿出版社出版的。听我说完，他又问我："林青还有一本散文集，你看过吗？"看我迟疑的目光，他接着说，"是《大豆摇铃的时节》，我应该有，我回去给你找找。我看你写的散文，和他有点儿像。"他说话不动声色，从来都是这样，但我能够感到他冷面中一份压抑或隐藏的感情。

在荒凉的北大荒，居然还有这样一个人，私藏有这样多的书，不仅借我，还主动推荐给我看，好像他家里是一个无底洞，藏着我永远也看不完的书。这简直是一个不可想象的奇迹。对于曹大肚子，我有时觉得他是个怪人。我很想接近他，但他和我总是若即若离，像一朵缥缈的云彩，你总是摸不着它。说老实话，我想接近他，是因为心里总是充满好奇，这家伙到底藏着多少书？他越是不让我到他家去自己挑书，我便越是蠢蠢欲动，总想到他家里去看个究竟。

不过，这样的念头就像是皮球一次次被我压进水里，又一次次地浮出水面。心有不甘，又不忍心打搅他，生怕有什么闪失，或者惹他生气，断送了我好不容易从天而降的借书的道儿。

只是，这样的念头，像冻僵而未死的蛇一样，会在突然之间苏醒过来，吐着蛇信子，咬噬我的心，无比地难受。

1973 年的深秋季节，我下决心不请自到去他家里一探虚实。之所以时间记得这样清楚，是因为到现在也忘不了那个晚上，我刚刚推开他家的篱笆门，一条大黄狗汪汪叫着就扑了上来，吓得我连连后退，那大黄狗还是一步就蹿了上来，一口咬在我的右腿上，把我扑倒在地。曹大肚子两口子闻声跑了出来，一看是我，把狗唤住牵过去后忙问：“咬着没有？”幸亏是秋深时候天冷了，我穿着厚厚的秋裤，才没咬伤我的肉。所以，那个惊魂未定的秋天，无形中加深了我对曹大肚子的印象。

外面的裤子和里面的秋裤都被咬了个大口子。这条大黄狗够狠的。曹大肚子不好再把我拒之门外了，只好无可奈何地把我迎进门。门旁站着一个胖乎乎的小姑娘，好奇地望着我，无疑是曹大肚子的老闺女了。

一进屋，我就四下打量，一间屋子半间炕，几把破椅子，一个长条柜。那些书都藏在哪里呢？莫非就像是安徒生的童话，伸手即来，撒手即去吗？曹大肚子的老婆让我脱下裤子，指着灶台边的另一间屋说："我那儿有缝纫机，我帮你把裤子上的大口子缝上。"

曹大肚子把我请上热炕，给我倒了一杯热水，他那个小闺女一直在一旁好奇地望着我。我的心还在他的那些藏书上面呢，根本没有怎么注意他们这一家三口。我开始怀疑炕对面贴墙的那一面大长条柜，会不会把书藏在那里面？就像阿里巴巴的那个宝洞，只要我喊一声"芝麻开门"，就能够向我敞开里面的秘密？

曹大肚子知道我到他家来的目的，只是不请自来，让他没有料到。他还是像平常那样不动声色，递给我一张纸和一支笔，依然是老规矩，让我先写书名，然后拿起我写的书单子，没有任何表情地说了一句："我帮你找找看。"看来我被他家狗咬的惊险举动，根本没有感动他。

记忆真是非常地奇特，很多事情都忘记了，但那天晚上写的书名，过去了将近五十年，记得还是非常清楚。我写的是陈登科的《风雷》、王汶石的《风雪之夜》、费定的《城与年》、卡维林的《一本打开的书》几本书名。他让我等等，自己一个人走出了屋。他的老闺女跟着他也出了屋。屋里只剩下了我一个人，一下安静了许多。幽暗的灯光下，对面的长条柜泛着乌光，像头睡着的老牛。他老婆替我补裤子轧缝纫机的声音，阵阵传来，一切显得有几分神秘，总觉得好像有什么事情要发生似的。

我犹豫了一下，穿着一条秋裤，还是悄悄地跟着他走出了屋。他老婆踩着缝纫机的声音很响，像是响着我怦怦的心跳。只见他提着一盏马灯，走出屋子，往旁边一拐，进他家屋旁的一间小偏厦，那是一般家里放杂物和蔬菜的仓库。门很矮，他凸起的大肚子很碍事，弯腰走进去有些艰难。看他走进去了半天，我在犹豫是不是也跟着进去。

为什么要把他的秘密打破呢？干吗不让它就像是童话一样保留在他的心中，也保留在我的心中呢？况且，那条大黄狗正吐着舌头，蹲在偏厦门口不远的地方，凶狠狠地望着我，真怕我一走过去它就向我扑过来。

秋风瑟瑟，掠过树梢吹过来，吹得树叶子飒飒直响，吹得我身上有些发抖。但那时候我还年轻，到底忍不住好奇心的诱惑，豁出去了，还是走了过去，一边走一边胆战心惊望着那狗，还好，它没叫唤，也没扑过来。

走进偏厦一看，好家伙，满满一地都是用木板子钉的箱子，足足十几个，里面装的都是书。它们趴在有些潮湿阴冷的地上，像趴着一个个怪兽，冷眼嗖嗖地看着我。那一刻，我真的有些震惊，想不到一个老北大荒人，在那样偏僻的地方，居然能够有那么多的书。那么多的书，他是怎么从沈阳那么老远那么费劲巴哈地搬了过来，又藏了下来呢？我心里暗想，这得花多少工夫、精力和财力，才能够做到啊。

曹大肚子正俯着身子，聚精会神地替我找书。我站在他的身后好久，他居然没有发现。门敞开着，风吹进来，吹得马灯的灯芯弓着和他一样的样子，和他胖胖弯腰的影子一起映在墙壁上，很像是一幅浓重的油画。那条大黄狗已经悄悄地走到了偏厦门口，翘起尾巴蹲在那里，我们都没有发现。

这时候，他回过头来，看见了我，他先是惊讶得眉毛一跳，然后是嘿嘿地一笑，我也跟着他嘿嘿地一笑，我们的笑都有些尴尬。那一刻，我到现在还清晰地记得，他的手正从箱子里拿出陈登科的《风雷》的上册。

从此，他家对我门户开放。在以后返城的日子里，我曾经写过一本小说，书名叫作《北大荒奇遇》，有人曾经问过我："北大荒真的发生过什么奇遇吗？”现在想想，如果说我在北大荒真有什么奇遇的话，到曹大肚子家去探宝，该算是一桩吧？

可惜这样的好日子不长，第二年的春天，我就离开了北大荒。离开大兴岛前，曹大肚子请我到他家吃了一顿晚饭，非常奇怪的是，他老婆炒的别的菜，我都记不得了，唯独曹大肚子端出的一盘糖拌西红柿，我总也忘不了。那个年代，还有保存到春天的西红柿，也真算得上是奇迹了。盘腿坐在他家炕上吃饭的时候，太阳还没有完全落山，夕阳辉映在他家窗户上那猩红的影子，总好像就在眼前闪动一样。现在，只要一想起那天他请我吃饭，我想起的就是那盘西红柿，就是那窗户上夕阳那猩红色的影子。

我一直这样认为，在动荡的知青岁月里，唯有这三者给我们以默默的帮助和一点一滴的救赎：一是我们自己的爱情，一是当地质朴的百姓，一就是那些难忘的书籍。爱情是我们的一针补剂，百姓是我们的一碗垫底的酒（就像当时革命样板戏《红灯记》里李玉和唱的那样：有这碗酒垫底，什么都能够对付），书籍就是一帖伤湿止痛膏。我非常感谢曹大肚子和他的那些书，在那些充满寂寞也充满书荒的日子里，他家的那些书奇迹般地出现，从那些发黄发潮的纸页间，从那些密密麻麻的白纸黑字里，跳出了无数神奇的神灵，不仅滋养了我贫瘠的感情和精神，帮助我拿起笔学习写作，还让我感受到荒凉的北大荒神奇的一面，让我对这片土地不敢小视、不敢怠慢、不敢轻薄，让那些逝去了的日子有了丰富而温暖的回声，什么时候只要在心里轻轻地呼唤一下，就能够响起遥远的共鸣。

豆秸垛赋

在北大荒，豆秸垛和麦秸垛，是秋天和夏天的两种意象。不过，我只留意过豆秸垛，没有怎么留意麦秸垛。那时候，我们二队每家的房前屋后最起码都要堆上一个豆秸垛，很少见有麦秸垛的。我们知青的食堂前面，左右要对称地堆上两个豆秸垛，高高的，高过房顶，快赶上白杨树高了。这些豆秸，要用整整一年，烧火做饭、烧炕取暖，都要靠它。麦秸垛，一般都只是堆在马号牛号旁，喂牲畜用，不会用它烧火做饭取暖，因为它没有豆秸经烧，往灶膛里塞满麦秸，一阵火苗过后，很快就烧干净了，只剩下一堆灰烬，徒有热情，没有耐力。

返城后很多年，看到了凡·高的速写，和莫奈以及毕沙罗的油画，很多幅画的是麦秸垛，一堆堆、圆乎乎、胖墩墩，蹲在收割后的麦田里，闪烁着金子般的光。才发现麦秸垛挺漂亮的，只不过当初忽略了它的存在。只顾着实用主义的烧火做饭烧炕取暖，不懂得它还可以入画，成为审美的浪漫主义的作品。

后来看到文学作品，大概是铁凝的小说，她称麦秸垛是矗立在大地上女人的乳房。这样的比喻，我从来没有想到过，尽管我在北大荒经历过好几年麦收。但我不得不承认，这个比喻新鲜，充满乡土气息和人情味，让我忍不住想起当年在北大荒一望无际的麦田里，弯腰挥舞着镰刀也抖动着大乳房的当地能干的妇女。

再后来，看到聂绀弩的诗，他写的是北大荒的麦秸垛："麦垛千堆又万堆，长城迤逦复迂回，散兵线上黄金满，金字塔边赤日辉。"他写得要昂扬多了，长城、黄金和金字塔一连串的比喻，总觉得压在麦秸垛上，会让麦秸垛力不胜负。不过，也确实让我惭愧自己当年在北大荒收麦子时缺乏这样的想象力。

但是，对于豆秸垛，我多少还是有些想象的，那时看它圆圆的顶，结实的底座，阳光照射下，一个高个子胖胖的女人似的，健壮挺拔，丰乳肥臀，那么给你提气。当然，比起麦秸垛的金碧辉煌，豆秸垛灰头灰脸的，像土拨鼠的皮毛。只有到了大雪覆盖的时候，我才会为它扬眉吐气，因为那时候，它像我儿时堆起的雪人，一身洁白，站在各家的门前，像守护神。

用豆秸，是有讲究的。会用的，一般都是用三股叉从豆秸垛底下扒，扒下一层，上面的豆秸会自动地落下来，自动而有节奏地填补到下面来，绝对不会自己从上面塌下来。在这一点上，无论绘画还是文学再如何美化的麦秸垛，都无法与之相比。很简单，如果是麦秸垛，早就像一摊稀泥一样，坍塌得一塌糊涂，因为麦秸太滑，又没有豆秸枝杈的相互勾连。所以，就是一冬一春快烧完了，豆秸垛都会保持着原来那圆圆的顶子，就像冰雕融化时候那样，即使有些悲壮，也有些悲壮的样子，一点一点地融化，最后将自己的形象湿润而温暖地融化在空气中。

因此，垛豆秸垛，和垛麦秸垛，是完全两回事。垛豆秸垛，在北大荒是一门本事，不亚于砌房子，一层一层的砖往上垒的劲头和意思，和一层一层豆秸往上垛，是一个样的，得要手艺。大豆收割完了之后，一般我们知青能够跟着车去地里拉豆秸回来，但垛豆秸垛这活儿，得等老农来干。在我看来，能够会垛它的，会使用它的，都是富有艺术感的人。在质朴的艺术感方面，老农永远是我的老师。

不能怪我偏心眼儿，对豆秸垛充满感情。这样的感情，不仅来自艺术感方面，也来自情感方面。

我从北京来到北大荒第二年，刚刚入秋的时候，厄运降临在我的头顶。因为为队上三位被错打成现行反革命的当地老农鸣冤叫屈，队上头头联手工作组的组长，在全队大会上说我是过年的猪早杀晚不杀。一时，黑云笼罩，我成了不可救药的坏蛋，二队几乎所有的人都不敢再理我，躲我唯恐避之不及。

那一年的秋收，便成为我一个人的秋收。那时，每天天不亮，就要顶着星星，出工割豆子，每人一条垄。一条垄，八里长，割完一条垄，快手能赶在日头落前，慢手得要到月亮出来了。

我属于慢手，常常是全队的人都割完，收工回家吃晚饭了，我还撅着屁股，挥着镰刀，在地里忙乎着。直直腰身，望望还是一眼望不到头的豆地，黑乎乎地笼罩在迷蒙的月光中，心里涌出一种绝望的感觉。偌大的豆子地里，只剩下我孤零零的一个人，秋风掠过豆秸梢，干透的豆子在豆荚里哗啦啦直响，想起去年秋收第一次割豆子时自己曾经写过的“大豆摇铃”之类的诗句，不禁哑然失笑。

这倒不是工作组或队上的头头对我有意的惩罚，每个人都是割一条垄，只能怪我手太笨，干农活实在不行。但是，没有一个人肯伸把手帮我一下，即使连平常和我关系还不错的人，都不见了踪影，只是将他们怜惜的心情在暗中传递，不敢明里伸出援手。这让我感到有些悲哀，有一种天远地远孤零零被抛弃的感觉。

有一天晚上，由于头天刚下过一场雨，地里有些泥泞，割豆子便更显得艰难。人们都已经收工了，我还在豆地里盘桓。上弦月早就升起来，由于有雾，光线不亮，朦朦胧胧地洒在已经结霜的豆秸上，斑驳之中，银光闪闪的，像眼泪晶莹地在闪烁。已经是阴历的九月初，北大荒的天气很冷了，晚风吹过，更多凉意和凄清的感觉。豆秸上有刺，上霜后变得坚硬扎人，我没有戴手套，手心手背扎得火燎一样疼。

咬咬牙，还得继续往前割，一定要割到头，否则更会遭人嘲笑。现在想想，那一晚的情景，多少有些悲凉，一片割不完的豆地，一弯凄清的月牙，一个孤独的人影，真的，还不如把我关在草棚里写检查更好受些。

就在这时候，我听见前面不远的地方传来了唰唰的声音。起初，我以为是风渐大了，吹过豆秸的声响；但仔细听，不像，因为那唰唰的声音很有节奏。我站在豆地里，有些奇怪，想再好好听听，怕是钻出来一条獾或狐狸。这在北大荒的秋夜里，是常有的事。

很快，一个人头在豆秸上浮动，是一头长长的秀发，暗淡的月光下勾勒出朦胧的轮廓。是个女人。很快的速度，她前面的豆子纷纷倒地，她扬起脸来，站在我的面前，笑了，露出两颗小虎牙，秀气的脸上淌着汗珠，月光下，晶莹透亮。娇小玲珑的身材，和四围阔大无边的豆地和幽幽的黑夜，对比得那么不成比例，那么醒目。

我认出她来，是刚从北京到我们队上69届的小知青，那一届的北京学生，连锅端，都去各地插队，她班上大多同学来到我们二队。她刚到我们队才两个多月，我没有和她说过一句话，甚至叫不出她的名字。很久很久以后，她对我说，她刚来到我们队上，第一次见到我时，是我独自一人坐在树下笨手笨脚地缝衣服，我们队上的农业技术员老韩远远地指着我对她说："他是北京二十六中的高中生，很有才，工作组正整他！"就是这简单的"很有才"三个字害了她，让她竟然割完了自己的那一垄豆子之后，又跑过来帮助我割。

我在北大荒整整六年，割过很多次豆子或麦子，这是第一次也是唯一一次有人帮助我割豆子。是这样一个娇小的小姑娘，刚来我们队两个多月的小姑娘，和我从来没有说过话的小姑娘。

割完了一垄豆子，要往回走八里地，才能回到队上吃晚饭。路上，她把她手上戴着的一副手套递给我，说豆子扎手，戴上手套好些。我看看手套，是一副白线手套，但每个手指上都粘有一小块黑色的胶皮。刚要对她说："给了我，你戴什么？"她就说话了："我还有。"就这样，我们一起走了八里地的夜路，上弦月在我们的头顶，无边的荒原，在我们的脚下。我们再没有说一句话，就这样默默地走着。

那时候，我不知道，她更不知道，为此她要付出代价。

事后，我才知道，因为她和我的接触，引起队上头头和工作组的注意。他们的联想和想象力，远比我更为丰富。一对年轻男女在旷野豆地又是在幽暗的黑夜里的相遇，八里地的长途漫步，以后又频繁往来，接下来发生的事情，不是顺理成章，还要费口舌再去说吗？男女关系，在那个时代里，是一件最见不得人的事情，也是最容易置人于死地的撒手锏。

于是，工作组找她谈话，为了增加震慑力，也为了确保一战功成，工作组特意请来了农场保卫处的处长坐镇。如果这个男女关系的问题坐实，我就真的成了一头过年的猪，只能老老实实引颈等候处理的那最后一刀了。

那一晚，是数九寒冬北大荒最冰冷的时候，纷纷扬扬的大烟泡儿，没有阻挡保卫处处长从十六里外的农场场部赶到我们的队上。在和知青宿舍一道之隔的队部里，一盏昏黄的马灯前，保卫处的处长、工作组的组长、我们二队的队长，几个大老爷们儿，对付一个娇小的小姑娘。尤其让我无法想到的是，保卫处的处长居然掏出他的手枪，一把拍在桌子上，叫喊着，非要让她交代出和我有男女关系的事情。尽管她知道这不过是为了吓唬她而用的道具，她还是被吓得直哭。再逼问她，她说了句：“根本没有的事，我交代什么。”任凭他们怎么红白脸轮番上阵，她只是哭，再不说一句话。

在政治化的年代里，即使再偏远的地方，余波荡漾中，人心也容易被扭曲。在压力面前，有人选择顺从，有人选择屈服，有人选择背叛，有人选择躲避，有人选择坚持。并非清者自清，浑浊泛滥之下，清水也能被搅浑，脏水也可以浇在自己的头顶。那一年，我二十二岁，她还不到十七岁。很多时候，我会想，如果那个风雪呼啸的夜晚，在那盏昏黄的马灯下，那把拍在桌子上的手枪前，换成是我，我会怎么样？我能和她一样吗？

我们二队的队部，在以后的日子里，包括我在二队的时候，也包括 1982 年和 2004 年我两次重返北大荒回到我们二队，路过它的时候，我都没有再进去过。我对它充满厌恶，在我的眼里，它成为那个时代黑暗与罪恶的象征。难道不是吗？可以在毫无根据的凭空想象中随便质问一个人男女关系的事情吗？而且，可以毫无顾忌地拍出手枪吓唬一个还不到十七岁的小姑娘？

由于她的坚持，我幸免于难。

第二年，刚刚开春的一个黄昏，我独自一人拿着饭盒，依然如丧家犬一样，垂着头往队上的知青食堂走，忽然觉得四周有许多眼睛聚光灯似的都落在我的身上。那种感觉很奇怪，其实我并没有抬头看什么，但那种感觉像是毛毛虫似的，一下子爬满我的全身。抬头一看，在我前面不远食堂的豆秸垛旁，站着一个姑娘，手里拿着一个铝制的饭盒。我不敢确定，她是不是在那里等着我。

是她，她可真会找地方，她身后的豆秸垛，是那样醒目，让我想起秋收她帮我割豆子接垄时相遇的那个结霜的夜晚。似乎那是一场戏的开头，这时候收割完的豆荚垛起来的豆秸垛，成了她特意选择的一个明亮的收尾。

那一刻，那个褐色有些像是经冬后发旧狍子皮的豆秸垛，被晚霞照得格外灿烂，映照得像着了火一样的红。

食堂前是两大排知青宿舍，那一刻，宿舍所有的窗户都打开了，从里面探出了一个个脑袋，露出了一双双惊愕的眼睛，望着我们，仿佛要演什么精彩的大戏。我的心里有些发毛，觉得芒刺在身，站在那里一动不动。她就那样向我走了过来，在众目睽睽之下，一直走到我的面前。我的脑子里一片空白，只是在想她的胆子也太大了，这种时候还敢和我那么亲热地讲话，就不怕沾包儿吗？

那时候，她才刚满十七岁啊。

什么叫作旁若无人？那一刻，我记住了这句成语，也记住了她和那个北大荒落日的黄昏，并且记住了那个在晚霞映照下像是着了火一样的豆秸垛。

那是1970年的春天，五十一年前的春天。北大荒的豆秸垛！

荒原上的红房子

兵团组建之后，将北大荒的农场改编为部队编制。那时候，我所在的大兴农场变为57团，在团下面新设立一个独立营，叫作武装营。

1972年的初春，我在二连猪号喂猪，奉命到武装营报到。武装营组建毛主席文艺宣传队，新到任的营教导员邓灿点名将我调去。那时，我和他并不熟悉，只知道他是第一批进北大荒开荒的老人，1958年复员转业官兵。1968年，他负责到北京招收知青，我由于家庭出身问题，报名未被学校批准，曾经找过他，他破例将我招收去了北大荒。这一次，是第二次见面。听说，调我之前，营部几位头头讨论，有人再次提出我的家庭出身问题，持反对意见。邓灿力排众议，说肖复兴就是一个北京小知青，有什么大不了的问题！

我来到了营部。营部设在三连对面的路口旁，这是一个丁字路口，是进出大兴岛的唯一通道。营部的背后是一片荒原，在一望无际的萋萋荒草的衬托下，营部显得孤零零。那时新盖起来一座红砖房，西边最小的一间，是电话交换台，里面住着一个北京知青小王，一个哈尔滨知青小刘，都是69届的。东边一间稍大些，住着几个三连小学的女老师、三位北京知青、两位天津知青。中间最大的房子，便是营部，办公室兼宿舍，住着教导员邓灿、副教导员和副营长，还有通信员和我。一铺火炕上，晚上睡着我们五个人。其中的这位副营长，便是竭力反对调我来营部的人，他原来是我们二连的连长。

我很快就和大家熟络了起来。通信员喜子，原来是我们二连农业技术员的儿子，我刚到二连的时候，他还是个孩子，跟屁虫一样，成天跟在我们知青的屁股后面一起玩，自然一见如故。他有辆自行车，为了到各连队通知各种事情，没事的时候，他常骑着自行车驮着我，到处疯跑，团部演出露天电影，他更是驮上我，骑上八里地去看电影。

开头的那些天，宣传队其他从各连队调来的人还没来报到，白天，几位领导下地忙去的时候，屋子里就我一个人，交给我的任务是要在这段时间里写一整台的节目。写累了，无聊得很，我便去交换台和小王、小刘聊天。小王爱说，小刘爱笑，交换台房间不大，她们两人整天憋在那里，也闷得慌，我一去，都很高兴，窄小的交换台里，便热闹得像喜鹊闹枝。那时候，小王有个对象，也是北京知青。我对小王说："什么时候，带你的对象让我们看看！"小王说："好啊，正好你帮我参谋参谋！"小刘没有对象，小刘值班的时候，小王约会去了，小刘一个人守着交换机，更是无聊，自然更欢迎我去聊天。我问她："人家小王都有对象了，你怎么没有？眼珠子比眼眉毛高？"她冲我摇摇头说："我不想找！"我问为什么？她说："我不想一辈子就待在这儿，我想回哈尔滨！"

中午的时候，我会去隔壁女老师的宿舍，她们下课回来吃饭，人凑齐了，会更热闹。她们见我实在无聊，建议我去学校讲课，作为调节。我去了，上了一节数学课，教室的窗后四面洞开，春天的风吹进来，带着荒原上草木清新的气息。她们坐在教室后面听课，望着她们还有学生明亮又好奇的眼睛，让我的感觉十分良好。

休息天，副教导员和副营长都回家了，只有邓灿留下来，他不仅没结婚，甚至连对象都没有。想想那时候，他三十出头了吧。和他熟了之后，我指着隔壁的女老师宿舍，开玩笑对他说："你看中哪个了，我替你去说说！"他一摆手，对我和喜子说："走，打猎去！"便拿起他的双筒猎枪，带着我们两人去了荒原。春天打野兔子，冬天打狍子。打狍子最有意思，狍子见人追上来，会站在那里不动，撅着屁股朝向你，等着挨打，你一打一个准儿，因为狍子的屁股是白色的，一圈圆圆的，像靶子一样，非常醒目。北大荒有两个俗语，一个是"狍子的屁股——白定（腚）"，一般说制订的规矩或条例一点用没有，便会说这句。一个是"傻狍子"，说人傻，不像北京人说傻蛋，而是说傻狍子，含蓄又形象。我第一次吃狍子肉，便是邓灿打到的一只狍子。不过，狍子肉不好吃，很瘦，一点儿不香。邓灿对我说：飞龙和野鸡好吃，什么时候，咱们打一只飞龙或者野鸡吃！可是，他从来没有打到过一只飞龙或野鸡。

宣传队的人到齐后，每天从早到晚排练，这样空闲的日子没有了。只有到了晚上回来睡觉，这座红砖房才又出现在面前，才会让我又想起那些个闲在的日子，到东西两头的屋里和那几个女知青插科打诨的欢乐时光。荒原之夜，星星和月亮都特别明亮，真正是"星垂平野阔，月涌大江流"。营部的这座红砖房，像是童话中的小屋，即便离开了北大荒那么多年，也常会浮现在梦中，有时会觉得不那么真实，怀疑它是否真的存在过。青春时节的痛苦也是美好的，回忆中的青春常会被我们自己诗化而变形。

武装营的历史很短，一年多之后解散。宣传队便也随之寿终正寝，所有人都风流云散。没过多久，我便离开北大荒，调回北京当中学老师。

回北京三年后一个冬天的早晨，我上班路过珠市口，在一家早点铺吃早点，和交换台的小王巧遇，我们一眼就认出彼此，她端着豆浆油条跑到我的桌前，兴奋地说起过往，说起营部的那座红房子。说起彼此的现状，才知道她和原来的那个北京知青早就吹了，吹的原因是她查出来一个卵巢出现了问题，不得不做手术摘除。不过，现在，她挺好的，调回北京之后找了个对象结婚，有了一个孩子，日子过得不错。

交换台的小刘，我再也没有见过。2015 年的冬天，传来了她病逝的消息，很让我惊讶。她爱笑爱唱爱跳。她终于如愿以偿回到了哈尔滨，却那么早就离开了我们。

1987 年，我到佳木斯，知道邓灿已经在农垦总局当副局长，家就住在佳木斯。我到他家拜访，见到了他的夫人陈荫萍。我已经知道他们成了一对，但在武装营的时候，并不知道他和陈荫萍在暗通款曲，信件往来已如长长的流水，合在一起，够一部长篇小说的容量了。陈荫萍原来和我同在二连，也是北京知青，先开康拜因，后当会计。我和她熟悉得很，初到北大荒，她还为我缝过被子，只是同样不知道，其实更早在当年邓灿到北京接收北京知青时，她对邓灿就有了好感，算是一见钟情吧。那一晚，在他们家吃的晚饭，喝的北大荒酒，喝到夜深，月明星稀，物是而人非。

去年中秋节前，我发微信问候邓灿，给我回信的是陈荫萍，没有想到她告诉我老邓患了阿尔茨海默病，只是初期，虽不严重，却时而清醒，时而糊涂，身体大不如以前。想起以前他带我踏雪荒原打狍子时的情景，恍若隔世。

2004 年，我重返北大荒。当年营部的通信员喜子，已经是农场建三江管理局的副局长，他开着辆吉普车迎接我。想起当年他骑着自行车驮着我看露天电影，我指着吉普车对他说："真是鸟枪换炮了！"要说，他也是我看着长大的，昔日的友情，由于这么长时间的发酵而变得格外浓烈。我请他开车带我到三连走访原来我们二连的铁匠老孙，才知道老孙已经去世，感时伤怀，让我和老孙的爱人忍不住一起落泪。

谁想到临别前的酒席上，喜子喝多了，醉意很浓地对我说起老孙的爱人："别看你对老孙家的婆子哭，她什么都不是，你看看她家都弄成了什么样子，鸡屎都上了锅台……"这话一下子把我激怒，我指着他的鼻子说："她什么都不是，那你说说你自己是什么！你当个副局长就人五人六了……"我们竟然反目相向，怒言以对。酒桌前的争吵，都是借着酒劲儿的发酵，现在想想，有些后悔，毕竟同在荒原那座红房子里同吃同住一年多。时间，可以酿造友情，也可以阻断友情吗？

一起回三队的时候，我对他说去看看营部那座红房子。他对我说早拆掉了！我还是坚持要去看看故地，他把吉普车停在丁字路口等我，我一个人向原来营部的方向走去，那里是一片麦海，它前面的大道旁是一排参天的白杨。夏日酷烈的阳光下，麦海金灿灿的，白杨树阔大的叶子被晒得发白，摇晃着发出海浪一样的声响。

红围巾

人老之后，回忆起青春，即使当初苦涩，经过岁月的酿造，也成了一壶老酒，变得别具味道。五十年前，我在北大荒。夏天的一个下午，我们哥儿几个从富锦县城买完东西回大兴岛，车跑到半路，抛锚了，我们只好下车，徒步走。天暗下来那么快。离大兴岛还有二十来公里，这么走下去，半夜也到不了家。我们商量了一下，等一会儿有车过来，截一辆便车回去。

那时这条从富锦县城通往我们大兴岛的砂石路上，来往的车辆不多，好容易有车过来了，我们几个人蜂拥而上，纷纷挥手，车却是鸣响着喇叭，冲开人群，扬长而去，就是不停。

我们意识到问题的症结：我们几个人一水儿都是男的，以前要是同伴中有女知青，一般让她们挥挥手，车都能够停下来。我们常常骂司机都是生柿子——一个字：色（涩）！

我对大家说："看来，我们当中必须得有人男扮女装了，要不天黑也拦不到车。"

大家纷纷说："对。"

谁来男扮女装呢？这毕竟不是梅兰芳扮个青衣登台唱戏，你推我，我推你，谁也不肯，都不好意思。没有办法，最后我说：“那我就来试试吧。不过，你们谁在富锦给女朋友买了围巾，得献出来给我。”

那没问题！有人立刻从书包拿出一条红围巾递在我的手中。几乎同时，另一个人也拿出同样的红围巾。在富锦，我早看见他们两人悄悄地买了红围巾，准备回去给女朋友献殷勤。

我又说：“你们得藏在树后面去，司机一看那么多人，想停也不敢停了。等我把车截了下来，你们可得麻利点儿，赶紧上车。”

他们都立刻藏在路旁的白杨树后面。我把一条红围巾围在头上，把另一条红围巾攥在手里，管不了他们躲在树后窃窃地笑，心想，用这两条红围巾能不能钓上鱼来，就看这招儿行不行了，千万别现了眼。

朦朦胧胧的暮霭里，一辆大解放卡车亮着明晃晃的车灯，远远地开了过来。我豁出去了，跑到路中央，使劲地挥动着红围巾。那位司机不是眼神差点儿，在暮霭中让那两条红围巾搅得把我真的当成了一个女的，要不就一定是一位好心人。总之，他在我前面几米的地方，一脚踩住刹车，把车停了下来，我还没有来得及上车，藏在白杨树后的几个人已经如炸了窝的黄蜂一样，早都飞上了卡车的后车斗里。

不过，我坐在司机旁边的副驾位置上，不用受风吹了。司机是位四十多岁的大叔，看了我一眼，又看看我摘下的红围巾，没说什么，只是弯着嘴角笑了笑。后面车斗里，已经是一片欢呼声，撒豆粒儿似的飘荡在得意的风中了。

从那以后，我给大家留下了一个话把儿：红围巾，给大家增添了笑料。以至于以后我顶撞了队上的头头挨整的时候，竟然有人旧事重提，将红围巾当成了发面起子，酿造出谣言，说我晚上在场院的麦棚里，头上围着红围巾装女的，其实是在和一个女知青搞对象，让人以为都是女的在谈心的假象。很多人便很容易地相信了，原来我是如此狡猾。因为我有过为拦截车而戴红围巾的前科，人们怎么能不相信呢？

五十年过去了。日子真的不打混。偶尔，往事不请自来，纷纷如春水涌满心怀。我会想，在北大荒，如果我真的做出过什么意外的惊人之举的话，那天暮色里，那条砂石路上，我迎风挥舞着红围巾，大概可以算上是一件吧。

前几年的夏天，我和几个当年的伙伴一起重返北大荒。车子从富锦县城开出，朝向大兴岛驶去。路已经不是砂石路，而变成了柏油路，如果不是路两旁还是白杨树，几乎认不出来。幸亏还是白杨树，尽管已经长得高大粗壮，阔大的叶子拍打着发出海浪一样的哗哗响声，依旧那样亲切，像是老朋友，尽管多年未见，还是一下就能想起来以往岁月里彼此的青春年华。

太阳正在落山，西天的晚霞，喝醉了酒似的格外灿烂，路两旁白杨树的叶子，被晚霞映照得火红火红的，仿佛树尖上的每一片叶子都有火苗在燃烧。时光迅速回流，车上的朋友们，不约而同想起了当年在这条路上我挥舞红围巾的往事，纷纷说起，哈哈大笑。我和他们一起把身子探出车窗外，想找到挥舞红围巾的地方，兴奋异常的劲儿，像是寻找安徒生藏在树后面的童话，像是寻找遗失的一个梦。可是，我们都找不到了。车子飞驰，将白杨树和路都飞速的甩在后面。

草帽歌

那年的夏天，我在5号地割麦子。北大荒的麦田，甩手无边，金黄色的麦浪起伏，一直翻涌到天边。一人负责一片地，那一片地大得足够割上一个星期，抬起头是麦子，低下头还是麦子，四周老远见不着一个人，真的磨人的性子。北大荒有俗语：割麦、和泥、垒大坯，是属于磨性子的三大累活。

那天的中午，日头顶在头顶，热得附近连棵树的阴凉都没有。吃了带来的一点儿干粮，喝了口水，刚刚接着干了没一袋烟的工夫，麦田那边的地头传来叫我名字的声音，麦穗齐腰，地头地势又低，看不清来的人是谁，只听见声音在麦田里清澈回荡，仿佛都染上了麦子一样的金色。

我顺着声音回了一声："我在这儿呢！"顺便歇会儿，偷点儿懒。径直望去，只见麦穗摇曳着一片金黄，过了好大一会儿，才渐渐地看见麦穗上飘浮着一顶草帽，由于草帽也是黄色的，和麦穗像是长在了一起，风吹着它一路船一样飘来，在烈日的直射下，如同一个金色的童话。

走近一看，原来是我的一个女同学。她长得娇小玲珑，非常可爱，我们是从北京一起来到北大荒的，她被分在另一个生产队，离我这里三十六里地。她是刚刚从北京探亲回来，家里托她给我捎了点儿吃的东西，她怕有辱使命，赶紧给我送来。队里的人告诉她我正在5号地割麦子，她又马不停蹄地跑到了麦地里。当然，我心里明镜似的清楚，那时，她对我颇有好感，要不也不会有那么大的积极性。

接过她捎来的东西，感谢的话、过年的话、玩笑的话、扯淡的话、没话找话的话……都说过了之后，彼此都拘着面子，又不敢图穷匕首见，道出真情，便一下子哑场，到告别的时候了。最后，我开玩笑对她说："要不你帮我割会儿麦子？"她说："拉倒吧，留着你自己慢慢地解闷吧。"便和我告别，连个手都没有握。

麦田里，又只剩下我一个人，无边翻滚的麦浪，一层层紧紧拥抱着我，那不是恋人的爱，而是魔鬼一般的磨炼，磨退一层皮，让你感觉人的渺小，然后渐渐适应，让别人说你成熟。

大约过去了一个小时，身后的麦捆都捆好了好多个，战俘一样七零八落地倒伏着。忽然，地头又传来叫声，还是她，还是在叫我的名字。我回应着她，趁机又歇会儿。过了一会儿，看见那顶草帽又飘了过来，她一脸汗珠地站在我的面前。

我不知道她来回走了八里多地折回来干什么，心里猜想会不会是她鼓足了勇气要向我表达什么了，一想到这儿，我倒不大自在起来。

她从头上摘下草帽，一头热汗蒸腾的头发像是刚刚揭开锅的笼屉。她把草帽递给我说："走到半路上才想起来，多毒的日头，你割麦子连个草帽都没有！"然后，她走了，望着她的身影在麦田里消失，完全融化在麦穗摇曳的一片金色中，我没有找出一句话，我总该对人家说一句什么才好。

往事如烟，过去了将近四十年，日子让我们一起变老，阴差阳错中我们各奔东西。但是，常常会让我感慨，有时候，你不得不承认，无论是在记忆里，还是在现实中，友情比爱情更长久。

鲫鱼汤

有些事很难忘记。大学毕业那年暑假，我回了北大荒一趟。那时，知青返乡热还没兴起，我是我们生产队乃至全农场第一个回去的知青，乡亲们都还健在，心气很高。过佳木斯、过富锦、过七星河，我赶回我曾经待过的大兴岛二队的上午，队上已经特意杀了一头猪，在两家老乡家摆出了阵势，热闹得像准备过年。

几乎全队的人都聚集在那里，等着和我一醉方休。我挨个仔细看了一周遭，发现只有车老板大老张没有来。我问大老张哪儿去了？几乎所有人都笑了起来，七嘴八舌地叫道："喝晕过去了呗！得等着中午见了！"

大老张是我们队上有名的酒鬼。一天三顿酒，一清早起来，第一件事是摸酒瓶子，赶车出工的时候，腰间别着酒葫芦，什么时候想喝，就得抿上一口。有时候，去富锦县城拉东西，回来天落黑了，他又喝多了，迷了路，幸亏老马识途，要不非陷进草甸子里，回不了家。

不过，大老张干活不惜力，他长得人高马大，一膀子力气，麦收豆收，满满一车的麦子和豆子，他都是一个人装车卸车，不需要帮手。需要帮手的时候，他爱叫上我。因为他爱叫我给他讲故事，他最爱听《水浒传》。我们俩常常为争谁坐《水浒传》里的第一把交椅而掰扯不清，我说是豹子头林冲，他非要说是阮小二，因为阮小二是打鱼的，他家祖上也是打鱼的。那都是哪辈子的事了？自从他爷爷闯关东之后，他就会赶马车。

那时候，知道我和大老张关系不错，大老张老婆老找我，让我劝大老张少喝点儿。每一次劝，大老张都会说："停水停电不停酒！"然后，接着雷打不动地喝。

那天午饭，我也没少喝。两户人家，屋里屋外，炕上炕下，摆了好几桌，杀猪菜尽情地招呼，乡亲们问我这个人怎么样，那个人又怎么样，一个个的知青，都关心地问了个遍。就着北大荒酒的酒劲，乡亲们的热情，一浪高过一浪。

午饭快要结束的时候，院子里传来了粗葫芦大嗓门，叫着我的名字："肖复兴在哪儿了？"一听，就是大老张，这家伙，真的是等到中午才来？早晨的酒劲儿过去了，又接着中午这一顿续上了？我赶紧起身叫道："我在这儿！"他已经走进了屋，大手一扬，冲我叫道："看我给你弄什么来了。"我定睛一看，他手里拎着两条小鱼。那鱼很小，顶多有两寸来长。他接着对我说，"一清早我就到七星河给你钓鱼去了，今天真是邪性，钓了一上午，钓到了现在，就钓上这么两条小鲫瓜子！"说着，他把鱼递给身边的一个妇女，嘱咐她："去给肖复兴炖汤喝，我就知道你们吃的什么都有，就是没有鱼！"

有人调侃大老张："我们还以为你喝晕过去了呢！"大老张很是一本正经地说："今儿我可是一滴酒都还没有喝呢，我说什么也得给咱们肖复兴钓鱼去，弄碗鱼汤喝呀！酒喝多了，鱼怎么钓？"这话说得我心头一热。自从认识大老张以来，这是他第一次一上午滴酒未沾。

鲫鱼汤炖好了，端上来，只有小小的一碗。炖鱼的那个妇女说："鱼实在是太小了！"大家都让我喝，说这可是大老张的一片心意！这时候，大老张已经喝多了，顾不上鲫鱼汤，只管呼呼大睡。满是胡子茬的大嘴一张一合吐着气，像鱼嘴张开吐着泡泡，浑身是七星河畔水草的气味。

什么时候，有过一个人，整整一个上午，为了让你喝上一碗鱼汤，而专门去钓鱼？我的心里说不出地感动。单木不成林，一个地方，之所以让你怀念，让你千里万里想再回去看看，不仅仅是那个地方让你难忘，更是有人让你难忘。

我永远难忘那碗小小的鲫鱼汤，汤熬成了奶白色，放了一个红辣椒，几片香菜，色彩那样好看，味道那样鲜美。算一算，三十五年过去了，七星河还在，但是，钓鱼的人不在了。那个唯一的上午忍着酒虫子钻心而专心坐在那里，专门为你钓鱼的人不在了。

白桦树皮诗笺

来北大荒的第一年冬天，在七星河南岸修水利，我们知青被分配住在当地一个叫底窑的小村子里的各个老乡家。我住一家跑腿子的窝棚，东北话管单身汉叫作跑腿子。他的家空荡荡的，除了一铺热炕和炕上的一个小炕桌，再有外屋连着炕的一个锅灶，没有其他的陈设。

他有四十多岁的样子，长得像头生犊子一样壮实，不大爱说话。那时候，知青住在谁家，每天晚上收工后的晚饭，就在谁家吃，最后统一给饭钱。他做饭很简单，没有什么好吃的，但有馒头大楂子粥，有酸菜炖土豆，能吃饱肚子。盘腿坐在炕桌前吃饭的时候，他爱喝两口老酒，顺便给我也倒上一盅。没有什么下酒菜，他一般就着干辣椒下酒。一口辣椒一口酒，看着就辣得慌，他却非常享受，嘴唇沾着红红的辣椒末，一张嘴像在喷火。在北大荒，除了他就辣椒下酒，我没见过第二位。

这个小村处在一座原始次生林的边上，风景很优美。老林子里什么树都有，最漂亮的是一片白桦林。这只是当时我浅薄的认识而已，因为除了松柏和杨柳，我只认识白桦，并不认识其他的树木。其实，柞树、椴树、青冈树、黄檗罗树，也都很漂亮，都是后来才认识的。觉得白桦林最漂亮，主要还是从书中得到的先入为主的印象。没来北大荒之前，读过俄罗斯好多诗人的诗歌，他们都把白桦林写得美轮美奂，让我对白桦林充满向往和想象。在想象力的作用下，一切都染上了青春时节想入非非的色彩。

那时候，我喜欢写诗。记不清在俄罗斯哪位诗人那里看到他将诗写在白桦树皮上，心里特别向往，也想把自己的诗写在白桦树皮上，寄给远方的朋友，该会让朋友多么惊喜。那一年，我二十一岁，却依然稚气未脱，充满着那个时代所批判的小布尔乔亚的浪漫情怀，或者如同当地老乡谐谑的，不过是傻小子睡凉炕，全凭火力壮。

收工早时，或歇工时，我一个人悄悄地溜进林子里，寻找白桦林。积雪很厚，没过脚脖子，踩在脚下咯吱吱的像碎玻璃在响。阳光从密密的树枝缝隙筛下来，一绺一绺的，如同舞台天幕上打下来的散射的光柱，映照得远处的白桦林一闪一闪的，每一棵白桦树都像是穿着长筒白靴子的长腿美女，亭亭玉立在那里等待着出场。白桦树皮很好从树上剥下来，有的已经干裂有口子，可以不用小刀，用手就能直接剥下来。不一会儿，就剥下好多，我选择了两块平整厚实的白桦树皮，带回跑腿子窝棚。

那时候，我爱用鸵鸟牌天蓝色的墨水，天蓝色的诗句，抄写在洁白的白桦树皮上，一下子就洇开了，每一个字立刻像花朵绽开了花瓣，让那些字有些变形，变得不大像我写的，好像白桦树皮是个魔术师，让我写下的诗句变换了另一种模样粉墨登场。这让我觉得特别好玩，想象着寄到远方朋友那里，朋友看到后惊讶的表情，心里满是喜悦，忘却了修水利的辛苦和寒冷。如果说诗是当时艰苦生活之中的一种顾影自怜的自我慰藉；那么，写在白桦树皮上的诗，更是对苦涩的青春时节的一种诗化、幻化，甚至是自以为是的美化。不过，尽管显得有些可笑，却毕竟在我青春残酷的记忆里存有一丝丝诗意。那一年修水利，用炸药炸开冻土层的时候，飞起的土块砸伤了我的右腿，留下一块伤疤，也留下白桦树皮诗笺的一点温暖的记忆。

写好的那两块白桦树皮的诗笺，没过几天，竟然就萎缩了，干裂出好多大口子。别看北大荒室外朔风呼啸天寒地冻，屋里烧得很暖，这里紧挨着老林子，木头有的是，大块大块的松木绊子，可劲儿扔进火炉里，火苗蹿起老高，烤得人发热，本来就很干燥的白桦树皮，更经不住这样的烤，无可奈何地被烤裂了。

跑腿子走过来，看到我手里拿着裂了好多大口子的两块白桦诗笺发呆，冷笑两声，没说什么，走出了屋子。那冷笑中，明显带有几分嘲笑，寒天冻地的，还玩这种小把戏？晚上吃饭的时候，他就他的辣椒下酒，给我倒了一盅，我没理他，也没喝他的酒。

我又进林子剥下几块白桦树皮，在上面写好了诗，放在屋子的外面，让它们风干。但是，几次试验，还是失败了。离开了白桦树的树皮，还是裂开了口子，而且，脆薄得一碰就坏。白桦树皮，变成白桦诗笺，就像从朋友变为恋人，不那么容易呢。

开春时分，七星河开化了，老林子回黄转绿了，大雁清亮地叫着飞过底窑的上空，修水利的活儿算告一段落。最后一顿晚饭，跑腿子熬了一锅酸菜白肉，不是他特意寻摸来难得的猪肉，而是底窑这个村子特意为知青杀了一头猪的缘故。地方的村子和我们农场，常互通有无，要搞好关系。

他照例倒上酒，也给我倒上一盅；照例就着干辣椒下酒，也递给我一根辣椒，让我尝尝，难得说了句："饺子就酒，越喝越有；辣椒就酒，也是越喝越有。”我没敢吃这玩意儿，他接着劝我，“你吃了它，我给你个好玩意儿！”我还是没吃，心说你一个跑腿子，能有什么好玩意儿！他见我没吃，一屁股站了起来，跳下炕，对我说了句：“你还不信？”就走出里屋，不一会儿回来了，手里拿着个东西，走过来递在我的手里：“看看！我骗你吗？”

我接过来一看，原来是一块白桦树皮。

他爬上炕，盘腿坐在炕桌前，指着白桦树皮对我说：“你以前弄的那玩意儿不行，树皮一干就瘪犊子了，得让树皮带一点树肉才结实。”

听他这么一说，我才注意到这块树皮确实厚一些，还发现上面油晃晃的，很光滑，便问他：“你涂油了？”

他点点头：“涂了一层桐油，它就不裂了。”

我谢了他，一口咬下那根红红的干辣椒，喝了一口酒，辣得我的嗓子眼儿直喷火，不住地咳嗽。他呵呵大笑起来。

第二天，大便都是火辣辣的。

北大荒过年

一

在北大荒，过年的那几天，最热闹。虽然寒冷，甚至会大雪封门，有了一个年在那儿等待着，便像有了一个什么美好的东西等着我们伸手去拿一样，哪怕只是一个美丽而缥缈的幻影，你伸出了手根本拿不着，也让我们兴奋，跃跃欲试。再寒冷的日子，再艰苦的日子，有了期待，总会让自己春心荡漾而苦中作乐。

每年这个时候，队上要干两件大事。一件是在场院前面的队口，用水浇筑几盏冰灯。在只有马灯的时候，会在冰灯里面放一盏马灯，光亮直到马灯的灯油耗尽为止；有了电灯之后，就在里面放个灯泡，在外面直接拉上电线，冰灯可以亮上一宿。队口直对着通往三队和场部唯一的土路，冰灯对着的方向，仿佛也就可以通过这条土路到达场部，再从场部过七星河，一路顺风顺水到佳木斯、到哈尔滨、到北京。那时，我写过“二队的冰灯，照亮远方，一直到北京，和天安门广场初放的华灯，汇成一片璀璨的灯光”之类可笑的诗句。其实，那几盏冰灯，很简单，很粗陋，没有任何造型，不圆不方，怪兽一样，就那么趴在那里，闪动着幽灵一般的灯光，在大年夜黑黝黝的夜色中，在无边的荒原中，灯光显得很微弱。

另一件事是会杀两头猪，一头卖给老乡，一头留给知青过年。有肉吃，才会像是真的在过年。对队口的冰灯，只有知青会产生一些似是而非的感觉，一般人对猪肉比对冰灯要感兴趣。由于平常的日子里，除了庆祝麦收和豆收，很少杀猪，年前杀猪成了我们二队的节日，很多孩子大人，还有我们知青，会围上去像看一场大戏一样看热闹。杀猪是个技术活儿，不是什么人都会杀猪的，也有知青曾经跃跃欲试，但队上的头头都没有允许，别的活儿可以试，杀猪不行，一刀捅下去，猪要是不死，挣扎脱捆绑的绳子，跳了出来，到处乱窜，劲头儿比发情的公猪还要无法想象，弄不好会伤人的。

所以，我们知青从来只是围观。一般是由我们队的一个外号叫作“大卵子”的副队长负责杀猪。年年杀猪，他有经验，胸前系着黑色胶皮的围裙，手持一把牛耳尖刀，要一刀下去，猪立刻毙命。那劲头儿，总让我想起《儒林外史》里的胡屠户，有时也会觉得，有点儿像《水浒传》里卖刀的杨志，要看“大卵子”当时的表现而定。如果是英气逼人，就像杨志；如果是牛皮哄哄，就像胡屠户。不管“大卵子”什么样的表现，每一年他杀猪都会赢得满堂彩，没有出什么意外，算是进入过年之前最盛大的仪式功德圆满的揭幕。

这一年，春节前杀猪，闹出一桩事。

“大卵子”刀起刀落之间，麻利儿地将两头猪杀完，又吹气剥皮，滴血剔骨，割下猪头，剁下猪脚，再掏干净下水，最后，将一开两扇的猪肉摊在案板上。这一系列的活儿，没有什么停顿，连贯得如同行云流水，一气呵成。这是“大卵子”最得意的时候，横陈在案板上的白花花、红艳艳的猪肉，就像是他精心制作的艺术品，或是他任意摆弄的什么玩意儿，让他非常有成就感。他的注意力在刀上，他眼角的余光却散落在人群中，他要的就是人们哪怕是无语的惊讶与赞叹。

就在“大卵子”和人们的注意力集中在彼此的身上和案板上的猪肉上的时候，割下来的那个还在滴着血的猪头，神不知鬼不觉地不见了。等“大卵子”清点案板上下他的战利品的时候，才发现刚才放在案板下面的猪头不翼而飞，地面上，只剩下了一摊血渍。

一连几天，队上的几个头头，开始分头行动，寻找猪头。知青宿舍、老乡家里、豆秸垛中、场院席下……角角落落，都找遍了，也没有找到。一个那么大的猪头，显山显水，能藏到哪里呢？它横不是藏在哪个知青的被窝里吧？队上头头发狠地这样说。

队上的头头没有找到猪头，却认准了一定是知青干的好事。这个判断，当然是没错的。不是知青，老乡谁也不会为一个猪头冒这个风险。一年吃不着几回肉，馋得有的知青半夜里偷老乡家的狗，活生生杀掉，放上辣椒和大蒜，加上点儿盐，炖一锅吃，不仅是我们一个生产队发生过这样的事情。我们队一个上海知青，用弹弓打麻雀，或者趁着夜色掏鸟窝，架起火烧鸟肉吃解馋，也成为人们效法的前车与后辙。知青们当然都盼着过年杀猪呢，偷猪头是早就想好的事情，等着以后神不知鬼不觉地到老乡家，或者到我们猪号那烀猪食的大柴锅里，烀一锅烂猪头肉，美美地就着烧酒下肚呢。

一个外号叫作“野马”的北京知青，像是盗御马的窦尔敦一样，成为这次偷猪头的主角。

偷完猪头之后，他早料到队上不会善罢甘休，肯定要追查，所以，未雨绸缪，他把这个猪头藏在一个所有人都想不到的地方，然后，装作无事人似的，任队上几个头头走马灯似的到处乱找，自己闲看云起云落。

队上的头头气炸了，开大会宣布，如果年三十之前，把猪头交出来，既往不咎，如果不交出来，一定追查到底，一定要给偷猪头者严厉的处分。迫于压力，很多原来都想共享猪头的知青开始松动了，开始劝“野马”，算了，别为了一个猪头，挨一个处分，塞在档案里，跟着你一辈子，不值当的。

最后，“野马”交出了猪头。他把“大卵子”带到我们猪号前的那口深井前。猪头被“野马”藏在了井下。那口井有十几米深，井口结起厚厚的冰层，像座小火山，又陡又滑。“大卵子”杀猪行，爬井口这厚厚的冰层，很笨，跌了好几个跟头。

我在北大荒六年，过了六个春节，哪一年的春节，都没有这一年热闹。那一年过年的几天，我们虽然没有吃到猪头肉，但那个被“野马”偷藏在井下的猪头，成为我们饭前的开胃菜，和酒后的谈资，以至年过后好久，还被老乡们津津有味地谈论，并传到别的队上，被添油加醋，越传越神。“猪头事件”被载入我们二队的史册，“野马”成为那一年春节我们二队公认的风云人物。

二

我已经忘记是在北大荒过的第几个春节，只记得大年初一的中午，队上聚餐。尽管从年三十就开始大雪纷飞，依然阻挡不住大家对这顿年饭的渴盼，很早，全部知青拥挤在知青食堂里，等待着吃这场年夜饭中的压轴好戏：杀猪菜。

那是我第一次吃杀猪菜，大锅中翻滚着沸腾的水花，菜端将上来，热气腾腾，扑面而来，满眼生花，觉得很新鲜，尤其是里面的血肠，从来没有见过，特别滑爽好吃。

比血肠更让我感到新鲜的，是赶马车的车把式大老张带来的一大坛子酒，倒给我们每个人一小杯，让我们尝尝，猜猜是什么酒。这种酒，别说我从来没有喝过，就是见都没见过。度数没有北大荒酒强烈，却别有一种香气，浅黄颜色，非常鲜亮，味道有点儿甜，也有点儿发酸，入口进肚，绵绵悠长，特别受女知青的欢迎。一大坛子酒，很快被大家喝光。大老张告诉我们这叫嘟柿酒，是他用嘟柿自己酿造的。嘟柿，是一种秋天结的野果，那时，我没有见过这玩意儿，大老张说秋天带我进完达山摘嘟柿去。

这顿年饭，热热闹闹，从中午一直吃到了黄昏。大家都是第一次离开家，心中对家的思念，便暂时被胃中的美味替代。有人喝高了，有人喝醉了，有人开始唱歌，有人开始唱戏，有人开始掉眼泪……拥挤的食堂里，声浪震天，盖过了门外的风雪呼啸。

就在这时候，菜园里的老李头儿扛着半拉麻袋，一身雪花，推门进了食堂。老李头五十多岁，大半辈子侍弄菜地，我们队上的菜园，让他一个人伺弄得姹紫嫣红，供我们全队人吃菜。不知道他的麻袋里装的什么东西，如果是菜，大家的年饭都已经吃完了，他扛来菜还有什么用呢？只看老李头儿把麻袋一倒，满地滚的是卷心菜（北大荒人管它叫洋白菜），果然是菜，望着一地的卷心菜，望着老李头儿，大家面面相觑，有些莫名其妙。几个喝醉酒的知青冲老李头儿叫道："这时候，你弄点子洋白菜干什么用呀？倒是再拿点儿酒来呀！”

老李头儿没有理他们的叫喊，对身边的一位知青说：“你去食堂里面拿把菜刀来。”要菜刀干吗呢？大家更奇怪了。

菜刀拿来了，递在老李头儿手里，只见他刀起刀落，卷心菜被拦腰切成两半，从菜心里露出一个苹果来。简直就像变魔术一样，这让大家惊叫起来。不一会儿的工夫，半麻袋的卷心菜里的苹果都金蝉脱壳一般滚落出来，每桌起码有一两个苹果可吃了。是东北的伏苹果，个头儿不大，颜色不很红，但那一刻在大家的眼睛里分外鲜红透亮。

可以说，这是这顿年饭最别致的一道菜。这是老李头儿的绝活儿。伏苹果挂果的季节，正是卷心菜长叶的时候。老李头儿把苹果放进刚刚卷心的菜心里，外面的叶子一层层陆续包裹上苹果，便成为苹果在北大荒最好的储存方式。没有冰箱的年代里，老李头儿的土法子，也算是他的一种发明呢。老李头儿就等着过年的时候拿出来亮相，让自己露一手。

如果那年的年饭，算是如今的春节联欢晚会，最后一个大轴的精彩节目，不是杀猪菜，而无疑应该属于老李头儿这些卷心菜里的苹果。

三

北大荒讲究猫冬。过年的那几天休息，更是要猫冬了。任凭外面大雪纷飞，零下三四十摄氏度，屋里却是温暖如春。一铺火炕烧得烫屁股，一炉松木桦子燃起冲天的火苗，先要把过年的气氛点燃得火热。即使是再穷的日子，一年难得见到荤腥儿，队上也要在年前杀一头猪，炖上一锅杀猪菜，作为全队知青的年夜饭。同时，还要剁上一堆肉馅，怎么也得让大家在年三十的夜里吃上一顿纯肉馅的饺子。应该说，这是我们在北大荒一年最热闹最开心的日子。

只是这饺子必须是知青自己动手包。想想也是，我们队上有来自北京、天津、上海和哈尔滨的上百号知青，指望着食堂那几个人，从年三十还不得包到正月十五去？自己动手，丰衣足食，是那时的口号。于是，分班组去食堂领肉馅和面粉，后来也就乱了套，香仨臭俩的，自愿结伴凑几个人，就去领馅和面。那情景，很有些浩浩荡荡般的壮观，因为食堂里没有那么多家伙什，大家只好用洗脸盆打面和馅，人们在食堂鱼贯出入，在知青宿舍和食堂之间连接成迤逦的队伍，脚印如花盛开在雪地上，再加上有人起哄凑热闹，一边大呼小叫，一边敲打着脸盆，跟放鞭炮似的，真的是好不热闹。

一直到把馅和面领光。后去的人，只好领鸡蛋和酸菜，包素馅的饺子了，或者索性等我们包好了饺子跑过来吃现成的，美名叫作“均贫富”。

包饺子不难，一般人都会，不会现学，也不难，即使包不出漂亮的花来，起码可以包成囫囵个儿。最让大家兴奋的是，男知青邀请到女知青加入自己包饺子的队伍里来。大家在语文课本里都学过鲁迅的《故乡》，知道“豆腐西施”，便将来男知青宿舍里包饺子的漂亮的女知青叫作“饺子西施”。在大家的嬉笑之中，“饺子西施”很是受用，坦然接受。男女搭配，干活不累；男女一起，饺子包得有滋有味。在这样的包饺子中眉来眼去最后成为一对的，还真的不乏其人。那饺子，他们吃来才最是别有一番滋味。

最让大家头疼的是，没有包饺子的擀面杖和面板。不过这难不倒我们。大家各显神通，有人从林子里砍下树干，用镰刀把树皮削光再用砂纸磨平；有人用断了的铁锹棒，大多数人用的是啤酒瓶子；几乎目光一致的是，大家都心有灵犀地掀开炕席，在炕沿上铺张报纸，权且就当案板。知青宿舍很大，一铺炕睡十好几个人，一溜儿铺板长长的，被大家分割成好多个案板，擀皮的、递皮的、包馅的，蹲在炕头的、站在地上的，人头攒动，人影交错，都集中在炕沿上，炕沿从来没有显示出那样的威力，一下子激动得面粉飞舞，那饺子包出了从来没有过的千军万马般的阵势。

饺子在大家嗷嗷的叫声中包好了，个头儿大小不一，爷爷孙子都有，面相丑的俊的参差不齐；但下到洗脸盆里，饺子都如同灰姑娘突然之间发生了蜕变，一个个的像一尾尾小银鱼游动着，煞是好看。脸盆下是松木柈子烧红的炉火，脸盆里是滚沸翻腾的水花，伴随着大家的大呼小叫，热闹非常，让好多人不顾饺子煮熟一半成了片汤，照样吃得开心。

当然，大年夜里不能光吃饺子。在北大荒知青的年夜饭里，主角除了饺子，还必须得有酒。那时候的酒是双主角，一是北大荒60度的烧酒，一是哈尔滨冰啤，一瓶瓶昂首挺立，各站一排，对峙着立在窗台上，在马灯下威风凛凛地闪着摇曳不定的幽光。那真算得上一半是火焰一半是海水，滚热的烧酒和透心凉的冰啤交叉作业，在肚子里得翻江倒海，是以后日子里再没有过的体验。得特意说一说冰啤，是结了冰碴甚至是冻成冰坨的啤酒，喝一口，那真是透心地凉。照当地老乡的话说，是傻小子睡凉炕——全凭火力壮。年轻时吃凉不管酸，喝得痛快，如今让冰啤落下胃病的不在少数。

那一年的年三十上午，我们二队的司务长是北京知青秋子，知道这年夜里大伙儿的酒肯定得喝高了，便开着一辆铁牛到富锦县城，想为大家采购点儿吃的，哪怕买点儿水果罐头也好呀，好让大家有点儿解酒的东西，却什么吃的东西都没有了。秋子看见商店的角落里堆着半麻袋黑黢黢的家伙，就近一摸，是冻酸梨，便都包了圆儿，把这半麻袋冻酸梨都买了回来。九十里地赶回我们二队，秋子把这半麻袋冻酸梨往地上一倒，所有人的眼睛都亮了。

那种只有在北大荒才能见到的冻酸梨，硬邦邦、圆鼓鼓、黑乎乎的，跟铅球一样，放进凉水里拔除一身冰碴后，才能吃，吃得能酸倒牙根儿。但那玩意儿真的很解酒，那一年的大年夜里，很多人都喝醉了，都得靠它润嗓子和胃口。喝醉了之后，开始唱歌。开始，是一个人唱，接着是大家合唱，震天动地，回荡在年夜的夜空中，一首接一首，全是老歌。唱到最后，有人哭了。谁都知道，大家都想家了。

队上，有狗的吠声，歌声惊动了它们。

队口的冰灯，面对通往场部前的土路，寂寞地亮着。

北大荒之味

熬茄子

对味道，人是有记忆的，就像年轮对于树，一辈子挥之不去。大多数这样的味道，应该始自童年或青春时节，过了这两季，人的味觉、嗅觉，变得迟钝；忘性，也就变得比记性大了。

对于我，茄子，有种特殊的味道。这种特殊的味道，始自北大荒。说来有些奇怪，去北大荒前，在北京我吃过无数次用茄子做的菜，从来没有觉得茄子有什么特殊的味道。茄子做菜，费油，不过油的茄子，有股子土腥味儿，水汽巴拉的，不大好吃。北大荒的茄子却很好吃，和北京的茄子完全不一样的味道。即使五十多年过去了，还是觉得北大荒的茄子好吃，一想起来，那股子特殊的味道，立刻就飘在面前，仿佛你想念多年未见的老朋友，突然出现在你的眼前。

仔细想想，那时候用茄子做的菜，真的是稀松平常得不能再平常。就是用一口大柴锅炖的一锅茄子。没有什么油，把茄子带皮一起切成棋子大小的块儿，那些块儿大小不一，爷爷、孙子都有，倒上一点儿豆油，用葱花炝炝锅（记忆中并不放蒜，连酱油也不放，只加盐），就把这些茄子块儿一股脑都倒下锅，再加上水，没过茄子，盖上锅盖，烀烂而已。这样的茄子菜，根本不用学，谁都会。北大荒骂人笨，就是骂：“你是个茄子怎么着？”

但是，就是这样的简单，为什么就那么好吃，就那么让我难忘，让我一想起来就会觉得那股特殊的味儿扑鼻而来？

夏天，大多时候，我们在地头干活儿，或收麦子，或锄豆子地，中午时分，肚子饿得咕咕叫，看着送饭的人，从天边云彩一样远远地飘过来，一点点走近，挑着两只桶，颤悠悠地走到大家的面前。当然，最好送饭来的是食堂里长得漂亮的女知青，无形中让菜的味道好吃，所谓秀色可餐。

如果干活儿的人多，集中在一起，送饭的人会赶着牛车来，但是，从车上搬下来的，还是两个桶，只不过，桶要大得多。两个桶，一个装馒头，一个装菜，很多时候，菜就是熬茄子。那茄子连汤带水，一点儿油星儿都见不着，大小不一的茄子块儿，在桶里面晃悠，显得那么漫不经心，优哉游哉，很潇洒的样子。

但是，就是那么好吃！没有土腥味，只有一股子的清香，是茄子自身的清香，是从茄子里面的肉到外面的皮一起带着的清香。有时候，切菜的人连茄蒂都带进锅里，茄蒂嚼不动，但嚼在嘴里的味道一样清新。汤是清的，一点儿不浑浊，不像北京烧的茄子连茄子带汤一起变黑。汤里的味道，全是茄子清爽的味道。这么说也不准确，因为不完全是清爽，也有浓郁的味道。那种浓郁，是茄子本身的味道；那种清爽，只是我自己的感觉。而且，还带有点儿青涩的感觉，非常奇怪，这种青涩的感觉，常让我想起初春时节麦苗返青后的田野，氤氲弥散，朦朦胧胧。

现在，有时候我会想，是由于那时的茄子真的是纯天然的，施的不是化学肥料，而是纯粹的有机肥。北大荒的土地没有一点儿污染，真的是肥得能流油，插根筷子能开花，茄子从开花到结果，吸收的全是泥土里不掺假的营养。炖茄子的时候，用的是井水，不是过滤的自来水，更不是污染过的河水。也由于那时油少，更没有那么多的佐料可以添加，真正发挥出茄子本身的自然味道。茄子方才天然去雕饰，显示出自己的本色。不像现在我们在家中或在饭店里吃的茄子，已经是经过了各种加工之后粉墨登场，像是被各种化妆品精心打扮过后精致的女人，掩盖了本身自有的天生丽质。

春末夏初，茄子开花的时候，我到菜地看过，非常漂亮。在北大荒，茄子和扁豆、黄瓜一样上架。扁豆和茄子都开紫花，扁豆花小，一簇簇的，密密的，挤在一起，抱团取暖似的，风一吹，满架乱晃，显得有些小家子气；茄子花大，六大瓣，张开的时候，像吹起的小喇叭，像小号的扶桑花，昂扬得很。当时，没有觉得什么，现在想，花是蔬菜的青春期，能够泄露蔬菜后来长大的性情，便也是茄子味道不同寻常的一种原因吧。

北大荒的油豆角也很好吃，但一般要加上肉才好吃，没有肉可加，也得加上土豆和大料瓣，才能把油豆角的味道提出来。很少见油豆角像茄子这样清炖的。在北大荒，有时也会在炖茄子的时候，加上西红柿，但这样复合的味道并不比清炖茄子好吃，西红柿酸甜的味道遮盖了茄子的清香。

在北大荒，茄子做菜，也有做蒜茄子、大酱焖茄子、茄子馅的饺子，或将茄子晾成干，到冬天和开春青黄不接时做菜吃。但是，说实在的，都没有清炖茄子好吃。得是在地头，得是挑在桶里的茄子，得是有从田野里吹过来的清风，挑桶送饭来的，得是漂亮的女知青。

水芹菜

在北大荒我所在的生产队的菜地里，种的菜品种不少，但没有芹菜。为什么不种芹菜？我不知道其中原委。芹菜并不比别的蔬菜难种呀。当时，根本没有想过这个问题，正忙着战天斗地，一夏天收麦子，一秋天收豆子，蔬菜成熟的两季，也是大田里紧张忙碌的季节。

有时候，在食堂里帮厨，偶尔会到菜地里收菜，我感兴趣的是眼前那一架架的黄瓜、西红柿，摘下来就可以生吃，从来没有想过芹菜，一次也没有。尽管在北京，芹菜是家常菜，家里也常包芹菜馅的饺子，拌炸酱面的菜码，也用芹菜。很多遗忘，都变成理所当然。

来到北大荒第二年的夏初，我被暂时借调到农场场部编写文艺节目，吃住在那里，才知道场部和生产队的区别。我们生产队里所有的房子，都是拉禾辫房子，那是用草和泥，拧成粗粗的辫子状盖起的草房子。场部的房子全部是新盖不久的红砖房。知青能从生产队到场部，有一步登天的感觉，怪不得那么多知青拼命想钻进场部里来。生活的差别，由背后行政的级别所左右，即使在这样遥远偏僻的地方，也是如此。我住在这里的红砖房里，写歌颂草房子的节目。

一日三餐，在场部的机关食堂吃。食堂在这一排红砖房最边上的一大间房子里。第一天，买好饭票，去那里买午饭。售饭处是一个不大的窗口，窗口旁边挂着块小黑板，上面写着几个菜名，第一个是肉炒芹菜。我买了这个菜，来北大荒快一年了，第一次吃芹菜。那芹菜炒得实在是太好吃了，五十一年过去了，那味道，只要一想起来，便还在嘴里萦绕。而且，芹菜的那种独特的香味，带有点儿草药的味儿，带有点儿脆生生的感觉，还能格外清晰地记得。说是唇齿留香，一点儿都不夸张。

这种感觉实在是太奇怪，在北大荒，也有好多美味或者奇奇怪怪的菜品，比如飞龙，比如熊掌，比如狍子肉，比如血肠，比如酸菜炖粉条……我也曾经吃过，但都没有这种感觉。其实，这一盘肉炒芹菜，用不了多高深的厨艺，只不过芹菜中加了几片肥瘦相间的肉片和蒜片，而且，那切芹菜的刀工实在太粗糙，长短不一，是乱刀下的作品。不过，它是小炒，豆油很新、很香。芹菜新摘的，很嫩、很绿。猪也是刚宰杀的，肉很香、很嫩。

现在想起，莫非新鲜就是这盘芹菜好吃的真正原因？还是因为我已经快一年没有吃过芹菜的缘故？或者说，因为是在场部机关食堂里的小炒，有了和生产队明显的差别所产生的心理上自以为是的错觉？芹菜就一定比在生产队里常吃的黄瓜、西红柿、茄子、豆角要高一级？

在北大荒很长一段时间里，这盘肉炒芹菜，在我的脑海里一直挥之不去。它的样子，它的味道，时常会扑面而来，活色生香，清晰又真切，就像一位故人那么须眉毕现地站在你的面前，甚至扑进你的怀中。一直到六年之后，我离开北大荒，还总会时不时地想起这盘肉炒芹菜，仿佛它是梦魇、是魔影、是一种莫名其妙的象征物。我曾经反复琢磨，这究竟是怎么一回事，始终弄不清。

离开北大荒之后，我曾经三次重返北大荒，无论是菜地里（而且有了暖棚），还是餐桌上，北大荒已经今非昔比，那么多品种繁多的蔬菜，那么多色香味俱全的菜肴，让我目不暇接。其中也有芹菜和用芹菜做成的菜肴。不过，那种肉炒芹菜，显得太家常，一般不会上得了餐桌。餐桌上的菜是将芹菜的丝完全去掉，把芹菜剥得光光的，像个清水出芙蓉的美人，然后切成长短整齐划一的条状块，整整齐齐地码在精致的碟子里，在上面放上几个同样剥得光光的虾仁，再点缀上一颗红樱桃。真的很好看，和北京的冷盘中的芹菜一样好看，而且高级，只是吃不出当年的芹菜味儿来了。

我曾经请教几位老北大荒人，这究竟是为什么。他们当中好多人都说我在怀旧中美化了芹菜，是青春期的一种固执的留恋。他们说的有点儿道理，但不能完全说服我，北大荒的蔬菜多了，为什么我独独钟情芹菜呢？它总有顽固存在我记忆中的道理。

有一个人告诉我，当年我在农场场部吃的芹菜，是水芹菜。场部离七星河很近，河边的湿地适合种这种水芹菜，我们的生产队是平原上的旱地，种不了这种水芹菜。这么说，是水芹菜格外好吃，才让我格外难忘了？这样说也有点儿道理，菜如人一样，各有各的性情和性格，菜的味道，就是菜的性情和性格。人对物的选择，和人对人的选择是一样的，也是要选择那种自己喜欢的性情和性格的菜。

不过，我还是没有弄明白，为什么这盘肉炒芹菜如此让我难忘，而且如此神奇的一想起它，就能看到它的样子，闻到它的香味。一切都已经远去，彻底地远去，人生中，大自然里，充满秘密，冥冥中，尽管无法解释和理解，却无形中映照彼此，相互在生命中刻印下痕迹。

无论怎么说，水芹菜，是我青春时期一帧迷离的倒影。

太阳味道的西红柿

在北大荒插队，秋天是最美的，瓜园里有吃不够的西瓜和香瓜，让我们解开裤带敞开了吃。但过了秋天，漫长的冬季和春季，别说水果，就是蔬菜都很难见到了。我们要一直熬到夏天的到来，才能终于尝到鲜，第一个鲜亮亮跑到我们面前的就是西红柿。在北大荒，我们是把西红柿当成宝贵水果吃的。想想一冬一春没有见过水果，突然见到这样鲜红鲜红的西红柿，当然会有一种和阔别多日的朋友（尤其是女朋友）重逢的感觉。蠢蠢欲动是难免的，往往会等不到西红柿完全熟透，我们就会在夜里溜进菜园，趁着月光，从架上拣个大的西红柿摘了，跑回宿舍偷偷地吃（如果能蘸白糖吃，比任何水果都要美味了）。

那时候，我最爱到食堂去帮伙，原因之一就是可以去菜园摘菜。北大荒的菜园很大，品种很多，最好看的还得属西红柿，其余的菜都是趴在地上的，比如南瓜、白菜、萝卜，长在架子上的菜总有一种高人一等的昂昂乎的劲头。但是，架上的扁豆还没有熟，北大荒的黄瓜五短身材难看死了，只有西红柿红扑扑、圆乎乎的，样子就让人觉得耐看。没有熟的，青青的，没吃进嘴里先感到酸了；半熟不熟的，粉嘟嘟的，含羞带怯般像刚来的女知青似的羞涩；熟透的，从里到外红透了，坠得架子直弯直晃，像是村里那些小娘们儿般的妖冶……

离开北大荒好久了，还是总能想起那里的西红柿，尤其是那种皮是红的切开来里面的肉是粉的，我们管它叫作面瓢的西红柿，有种难得的味道，不仅仅是甜或酸，也不仅仅是清新或汁水丰厚，真的是其他水果没有的味道。吃着这种西红柿，躺在一望无边的麦地里，或是躺在场院高高的囤尖上，是最美不过的了。

我们会吃完一个摘一个，直至吃得肚子鼓鼓的再也吃不下去为止。那西红柿被晒得热乎乎的，总有一种太阳的味道。

回北京这么长时间了，总觉得北京的西红柿不好吃，酸、汁水少，没有北大荒面瓤的那种好吃。特别是冬天在大棚里靠人造温度长大的西红柿，味道就更差了。而在国外有一种转基因的西红柿，样子很好看，价钱也便宜，但一点儿西红柿的味道都没有，更是无法吃。

想起我母亲还在世的时候，有一年的春天种了一株丝瓜、一株苦瓜，还种了一棵西红柿。从小在农村长大的母亲，对于种菜很在行。夏天，这几种玩意儿全活了，长势不错，只是西红柿长不大，就那样青青的，愣在架上萎缩了，最后只剩下一个终于长大了，渐渐地变红了。我告诉母亲别摘它。就那么让它长着，看个鲜儿吧。夏天快要过去了，整天晒在那里，它快要蔫了，母亲舍不得看着它蔫下去烂掉，从困苦中熬出来，一辈子总是心疼粮食蔬菜，最后还是把它摘了下来，在母亲的手里，西红柿虽然蔫了，却依然红红的，格外闪亮。那一天，母亲用它做了一碗西红柿鸡蛋汤。说老实话，我没吃出什么味儿来。

唯一一次吃西红柿鸡蛋汤吃出味道的，是弟弟的一位从青海来的朋友请我到王府井的萃华楼吃饭。那时他们在青海三线工厂工作，比我们插队的有钱。我是第一次到这样的饭店来吃饭，是冬天，是在北大荒没有水果没有蔬菜的季节，这位朋友点菜时说得要碗汤吧，要了这个西红柿鸡蛋汤。那是一碗只有几片西红柿的鸡蛋汤，但那汤做得确实好喝，西红柿有一种难得的清新。蛋花打得极好，奶黄色的云一样漂在汤中，薄薄的西红柿片，几乎透明，像是几抹淡淡的胭脂，显得那样高雅。我真的再也没有喝过那样好喝的西红柿鸡蛋汤了，也许，是离开北大荒太久了。

嘟柿的记号

在北大荒，有一度我对嘟柿非常感兴趣。原因在于没来北大荒之前，曾经看过林予的长篇小说《雁飞塞北》和林青的散文集《冰凌花》，两本书写的都是北大荒，都写到了嘟柿。来到北大荒的第一年春节，在老乡家过年，他拿出一罐子酒让我喝，告诉我是他自已用嘟柿酿的酒。又提到了嘟柿，让我格外兴奋，一仰脖，喝尽满满一大盅。这种酒度数不高，微微发甜，带一点儿酸头儿，和葡萄酒比，是另一种说不出的味儿，觉得应该是属于北大荒的味儿。

这样两个原因，让我对嘟柿这种从未见过的野果子充满想象。都说家花没有野花香，其实，家果也没有野果味道好。在北京，常见的是苹果、鸭梨、葡萄之类的果子；到北大荒，常见的是沙果、苹果和冻酸梨；在荒原上，也见过野草莓和野葡萄（我们称之为“黑珍珠”）；只是从未见过嘟柿。在想象力的作用下，常见的水果，自然没有未曾见过的野果那样有诱惑力，便觉得嘟柿应该属于北大荒最富有代表性的果子了吧？

非常好笑，起初因为嘟柿中有个柿字，望文生义，我以为嘟柿和北京见过的柿子一样，是黄色的。老乡告诉我，嘟柿是黑紫色的，吃着并不好吃，一般都是用来酿酒；还告诉我这种野果长在山地和老林子里。我所在的生产队在平原，是很难见到嘟柿的。这让我很有些遗憾，老乡看出我的心情，安慰我说什么时候到完达山伐木，我带你去找嘟柿，那里的嘟柿多得很。可是，一连两年都没去完达山伐木，嘟柿只在遥远的梦中，一直躺在林予的小说和林青的散文里睡大觉。

一直到 1971 年，我被借调到兵团师部宣传队编写节目，秋天，宣传队被拉到完达山下的一个连队体验生活，嘟柿，一下子又活蹦乱跳地出现在我的面前，仿佛伸手可摘。

有一天，吃饭的时候，我说起嘟柿，问宣传队里的人谁见过。大家都摇头，队上吹小号的一个北京知青对我说："我见过，那玩意儿在完达山里多的是，不稀罕。"

我和他不熟，我们俩人前后脚进的宣传队，彼此认识不久。他比我小两岁，67 届老高一，从小在少年宫学吹小号，有童子功。我知道，他就是从这个连队出来的，常到完达山伐木、打猎、采蘑菇，自然对这里很熟悉，便对他说："哪天你带我去找找嘟柿怎样？我还从来没见过这玩意儿呢。"

他一扬手说："那还不是手到擒来的事情！"

宣传队有规定，不许大家私自进山，怕出危险，山上常有黑熊（当地人管熊叫作黑瞎子）出没。休息天，吃过午饭，我悄悄地溜出队里，让他带我进山。宣传队来到这里以后，进过几次完达山采风，都是大家一起，有人带队，说说笑笑的，没觉得什么。这一次，就我们两个人，虽说正是秋天树木色彩最五彩斑斓的时候，但越往里面走，越觉得完达山好大，林深草密，山风呼呼刮得林涛如啸，好风景让位给了担心。待会儿还能找着原路走回去吗？在北大荒的老林子里迷路，是常有的事，当地人称作是“鬼打墙”，就是转晕了也走不出这一片老林子了。那将是非常可怕的事情。要是到了晚上，还走不出来，月黑风高，再碰上黑瞎子，可就更可怕了。即使没出什么危险，让大家打着手电筒，举着马灯，进山来满世界找，这个丑也出大发了。

我忍不住，将这担心对小号手说了。他一摆手，对我说：“你跟着我就踏踏实实把心放进肚子里，我在这一片老林子里走的次数多了，敢跟你吹这个牛吧——脚面水，平蹚！”

看他胸有成竹的样子，我的心踏实了一些，问他怎么有这么大的把握。他告诉我：“你看这里的每一棵树长得都相似，其实每一棵树跟咱们人一样，长得都不一样，都有它们各自不同的记号。每条被人踩出来的小路，也有自己不同的记号。凭着这些记号，我就能找到回去的路。”

我称赞他：“可真了不得！”

他倒是很谦虚，对我说：“都是跟当地老乡学来的本事。”

他说的没错，这确实是一种本事，是人们经年累月从农事稼穑伐薪猎山中积累下的本事。小号手就是凭着这些林中的记号，带我找到嘟柿的。这些记号，在他的眼睛里司空见惯，像是熟悉的接头密语，呼应着带着他走向这一片嘟柿地，而我却不认识其中任何一个记号，正如他所说的，在我的眼睛里，每一棵树长得都很相似，这里的每一条小路，尽管曲曲弯弯，也都很相似。

这是一片灌木丛，旁边是一片有些干涸的沼泽，像夏天雨季的时候会有不少积水，是林子里的小鹿、野兔饮水的好地方。湿润的泥土，让四周杂草丛生得格外茂密，椴树、柞树、白桦、红松、黄檗罗、紫叶李等多种树木，高大参天，遮住烈日。蓊郁的林色笼罩，有些幽暗，有从树叶间投射进来的阳光，会显得特别明亮，舞台上的追光一样，照亮在花草上，小精灵般跳跃，金光迸射。

扒拉开密密的草叶，终于看见了期盼已久的嘟柿，一颗颗，密匝匝的，长在叶子的上面，而不像葡萄缀在叶下。叶子烘托着嘟柿个个昂头向上，很有些芙蓉出水的劲头儿。只是，嘟柿的个头儿不大，比葡萄珠儿还小，比黄豆粒大一点儿有限，它椭圆形的叶子却很大，在这样大的叶子衬托下，它显得越发地弱小。这样的不起眼，让我有些失望，觉得辜负了我多年对它倾心的想象和向往。不过，它的颜色多少给我一点儿安慰，并不像老乡说的那样，是黑紫色，而是发蓝，不少是天蓝色，很明亮，甚至有些透明，皮薄薄的，一碰就会汁水四溢。没有成熟的，还有橙黄色甚至是微微发红的，摇曳在绿色的叶间，星星般闪烁，更是格外扎眼。

小号手告诉我，这玩意儿越到秋深时候，颜色会越深，现在看颜色好看，但不好吃，经霜之后，颜色不那么明亮了，味道才酸甜可口。挂霜的嘟柿，像咱们老北京吃的红果蘸，样子和味儿都不一样呢！

我摘下几颗尝尝，果然不大好吃，有些发涩，还很酸。不过，我还是摘了好多，回去之后，学老乡也泡酒喝。不管怎么说，毕竟见到了嘟柿。北大荒的嘟柿！我想象、向往多年的嘟柿！

回去的路，显得近些，走得也快些。小号手说的没错，凭着林中的记号，那些树木，那些小路，那些花花草草，甚至那些野兽的蹄印，都仿佛是他的朋友，引领着他轻车熟路地带我走下山，走出老林子。只是，我始终不知道在这样一片茂密的山林中，那些记号具体是些什么，都一一标记在哪里，仿佛那是对我屏蔽而唯独对他门户大开的秘境神域，是我不可见而唯独他可见可闻的魔咒或神谕。

流年似水，我离开北大荒已经近五十年了，一切恍然如梦，但那次进完达山去寻找嘟柿的情景，记忆犹新。如今，我知道嘟柿其实就是蓝莓。在北京，作为水果，蓝莓已不新奇，但我敢说，如果说这是嘟柿，不少人会莫名其妙。市场上，新鲜的蓝莓果，以至蓝莓酒和蓝莓酱，或蓝莓做的蛋糕，都司空见惯。只是，那些都是人工培植的蓝莓，野生的蓝莓，才叫嘟柿。正如农村山野里柴火妞进城，才将原来的鸭蛋、虎妞的名字，改成了丽莎或安娜。

野生的嘟柿，那些在完达山老林子里自生自灭的嘟柿，那些青春时节才会想象和向往的如梦如幻的嘟柿！如果鞑子香可以作为北大荒花的代表，白桦林作为北大荒树的代表，乌拉草作为北大荒草的代表，那嘟柿应该是北大荒野果当之无愧的代表。

去年秋天，我在天坛，坐在双环亭的走廊里，画对面山坡上的小亭子，一个戴鸭舌帽的老头儿站在我身后看。虽然画得不怎么样，我常到这里来画画，已经练得脸皮厚了，不怕有人看，一般人看两眼，说几句客气话就转身走了。这个老头儿有点儿怪，一直看到我画完，我都合上画本，起身准备走了，他还站在那里，盯着我看，看得我有些发毛，不知道我身上有什么不对劲儿的地方，或者是他要对我讲什么。

他发话了："怎么，不认识我了？"

我望着这位显得比我岁数还要大的老爷子，问道："您是……？"

"忘了？那年，我带你进完达山找嘟柿……"

原来是小号手，我一把握住他的手。不能怪我，岁月无情，让他变得比我还显得一脸沧桑，我真的认不出来了。同样小五十年没见，我的变化一样大，他是怎么一下子就认出我来的呢?

我把疑问告诉他，他呵呵笑道：“你可真是贵人多忘事，我这个人没别的本事，就是记人记事记路记东西能耐大。是人是事是物，都有个自己的记号，你忘了在完达山，咱们是怎么进山找到嘟柿的，又是怎么出山回来的了？”

我一拍脑门，连声说：“没错，记号！记号！”然后，我问他，“那你说我的记号是什么？”

他一指我的右眼角：“你忘了，你这儿有一道疤？”

没错，那是到北大荒第二年春天播种的时候，播种机的划印器连接的铁链突然断裂，一下子打在我的右眼角上，缝了两针，幸好没打在眼睛上。这么个小小的记号，居然当初被他发现，能一直记到五十年后，也实在属于异禀，非一般人能有。

今年年初以来，闭门宅家读书，读福柯的老书《词与物》，其中他写道：“必须要有某个标记，使我们注意这些事物；否则，秘密就会无限期地搁置。”“没有记号，就没有相似性。相似性的世界，只能是有符号的世界……相似性知识建立在对这些记号的记录和辨认上。”福柯在说完“最接近相似性的空间变得像一大本打开着的书”这样的比喻之后，引用了另一位学者克罗列斯的话：“产生于大地深处的所有花草、植物、树木和其他东西，都是些魔术般的书籍和符号。”他还引用了克罗列斯的另外一句话：这些符号“它们拥有上帝的影子和形象或者它们的内在效能。这个效能是由天空作为自然嫁妆送给它们的”。魔术般的符号！自然的嫁妆！说得真是精彩，比福柯的论述还要形象生动。

读完这几段话，我立刻想起了小号手，想起五十年前他带领我进完达山寻找嘟柿的情景。我惊异于福柯和克罗列斯的话，竟然和小号手以及那天的事如此惊人地吻合，仿佛他们是特意为小号手和我所写的一样。我就是那些只看见了世界万物的相似性，却无法体认其中被搁置经年已久的秘密的人之一。小号手则记住了大自然中的那些记号，洞悉了产生于大地深处的所有花草、植物、树木和其他东西中那些魔术般的符号，进而有滋有味地阅读那一大本打开着的书。

总有一些瞬间温暖远去的曾经

退休后，我学习格律诗，自娱自乐，打发时间。马上就到了去北大荒五十三年的日子，前两天，写了一首小诗，怀怀旧——

未出榴花绿满阴，不禁又去一年春。
破书成束诗中梦，残月临窗影外人。
野草荒原忆狐魅，疏灯细语诉风尘。
绝无消息传青鸟，只是偶思福利屯。

这里写到的福利屯，就是五十三年前的夏天我们离开北京到北大荒下火车的地方。这是我国北方东北方向最偏远的一个火车站了。在未设立集贤县之前，福利屯一直隶属富锦县。我一直不明白，火车站为什么不建在县城，而建在一个离县城很远的偏僻荒凉的小镇上？

这确实是一个很小的小镇，但它却是一个古镇。火车站也是老站，伪满洲国时期就有了。记得下火车时是黄昏时分，这时候这里夏日的风，已经没有北京那样的燥热，而有些清爽湿润的感觉，因为不远处便是松花江。落日迟迟不肯垂落，漫天的晚霞，红云如火，在西天肆意挥洒。北国，北国风光！这里便是真正的北国风光了，是我在林予的长篇小说《雁飞塞北》、林青的散文《大豆摇铃的时节》中看到并向往的地方了。

站台前面，只有一座低矮的房子和简单的木栅栏，便是火车站的站房了。我站在空旷的站台上，等着行李卸车，望望四周，一面是完达山的剪影立在夕阳的灿烂的光芒里，一面是三江平原一望无际的平坦如砥，再有便是黑黝黝的铁轨冰冷地伸向远方，衔接的就是我们从北京一路奔来的茫茫路程，也仿佛连接着古今和未来。

以后，我们每一次回北京，或者从北京再回北大荒，或者是去佳木斯、哈尔滨办事，都得从这里上车下车。福利屯，成为我们生命旅程中必不可少的一个节点，绿皮车厢，硬木车座，火车头喷吐的浓烟，成为青春时节记忆飘散不去的象征。只是那时候我们站在这里夏日黄昏的清风中，不知道未来迎接我们的命运是什么，吃凉不管酸，一腔空荡荡的豪情。

我将这首诗微信发给了当年插队的同学，其中一个到吉林新发屯插队的同学立刻回信说："你偶思的福利屯，我似乎并不陌生，五十多年前，你信中说'车过福利屯，上车后给你的信尚未写完……'年华如此匆匆而过，你的诗令我感到仿佛如昨。"

她的这话，让我很感动，五十多年前的一封信，谁还会能记住？她在遥远的新发屯，并不在也从来没有去过福利屯，福利屯不是新发屯，过去了五十多年，怎么可以记住福利屯这个那么小那么偏僻的地名？

我回复她，感谢她。她回信说："回忆中，总有一些瞬间，能温暖整个远去的曾经。"

这话说得有点儿欧化，但她说得这意思真好。其实，那时候，我和她并不很熟，只是因为她是我的一个同学的好朋友，爱屋及乌，联系上了，和她有了通信。那时候，我爱写信，似乎很多知青都爱写信。这种传统古典的方式，特别适合风流云散的知青朋友之间抒发那个时代大而无当又缠绵自恋的情怀。她所说的车过福利屯还趴在火车上写信的情景，只能发生在那时的青春季节里。尽管生活艰苦，命运动荡，未来一片渺茫，心里还是充盈着似是而非、未可知的希望，如同车窗外如流萤一般飞驰而过的灯火，总还在眼前闪闪烁烁。那时候，我正偷偷看列夫・托尔斯泰的《安娜・卡列尼娜》，总恍惚地以为火车头喷吐过的浓烟过后，露出的是安娜一张漂亮成熟的脸庞。

我已经记不得信里写的都是些什么了，但一封五十多年前普通的信还能被人记住，也是极其罕见的事情了。在颠簸的绿皮硬座车厢里写那些似是而非的信的情景，如今可以成为一幅感动我们自己的画了。她说的对，起码在那一瞬间，感动过我们自己，觉得信中那些即便空洞的话也慰藉过我们，觉得在缥缈的前方会有什么事情可能发生，即使什么也没有发生，或者发生的并不是我们所预期的。火车头喷吐过的浓烟过后，并没有出现漂亮的安娜，而不过是卡西莫多。

是的！回忆中，总有一些瞬间，能温暖远去的曾经。她的话，让我想起了另一个和福利屯相关的瞬间。有一次，我从福利屯上了火车，车驶出站台，开出不一会儿，车头响起一阵响亮的汽笛。起初，我没怎么在意，以为前面有路口或是会车而必须鸣笛。后来，我发现并没有任何情况，列车在一马平川的原野上奔驰。为什么要在这时候鸣笛？我把这个疑问抛给了正给我验票的一个女列车员。她一听就笑了，反问我：“你刚才没看见外面的一片白桦林吗？”我看见了，白桦林前还有一泓透明的湖泊。难道就是为了这个而鸣笛？年轻的女列车员点头说：“就为了这个，我们的司机师傅就喜欢这片白桦林。”

下一次，火车驶出福利屯，经过这片白桦林时，透过车窗，我特意看了一下，发现是很漂亮的风景，白桦林的倒影映在湖水中，拉长了影子，更加亭亭玉立。火车经过这里不过半分多钟，一闪而过，车头正响起响亮的汽笛，缭绕的白烟拂过，在那个落日熔金的黄昏，定格为一幅如列维坦画作一样的油画。

总有一些瞬间，能温暖远去的曾经。

福利屯！